Rote Sonja gegen Thor

Hans Peter von Peschke

Rote Sonja gegen Thor

aare

Hans Peter von Peschke
Rote Sonja gegen Thor

Umschlagbild von Hubert Stadtmüller

Printed in Germany

ISBN 3-7260-0432-7
Bestellnummer 02 00432

Die Deutsche Bibliothek – CIP-Einheitsaufnahme

Peschke, Hans Peter von:
Rote Sonja gegen Thor / Hans Peter von Peschke. –
Aarau ;
Frankfurt am Main ; Salzburg : Aare, 1995
ISBN 3-7260-0432-7

Inhalt

Ein neues Abenteuer 7

Entdeckungen 23

Hammer und Sternenschweif 40

Licht im Dunkel 60

Die Stunde des Elfen 84

Die im Schatten sieht man nicht 102

Die Stunde der Gaukler 126

Red Sonja gegen Thor 144

Nachbemerkung 163

Glossar 165

Ein neues Abenteuer

Geschafft! Die Rote Sonja schlägt die Tür hinter sich zu. Das Gelaß, das sie hier in der Herberge gefunden hat, ist zwar klein, aber nachdem sie Wochen unter freiem Himmel verbracht hat, wirkt es fast wie ein Paradies. Sie läßt sich auf der Sitzbank nieder, holt aus ihrer Satteltasche ein kleines Buch und das Schreibzeug hervor, taucht die Feder in die Tinte und beginnt zu schreiben.

Kvirasim, 15. Rahja im Jahre 17 seiner allergöttlichsten Magnifizenz, Kaiser Hal I. von Gareth

Mit Hilfe der Götter konnten wir Lord Chaos und seinen Paladin Octopus besiegen. Mehrere Monate dauerten die Festlichkeiten schon, als ich Kunde erhielt, daß ein hochgestellter Elf – Elron Sternenschweif war wohl der Name – mich dringend zu sprechen wünsche. Heute bin ich nach längerer Reise endlich in Kvirasim angekommen, wo das Treffen stattfinden soll. Hoffentlich treffen zuvor noch meine Gefährten und bewährten Mitkämpfer ein ...

Was für ein schöner Anfang, denkt Kathrin und nimmt ihre Finger von der Tastatur. Mit einem Mausklick schließt sie das Tagebuch der Roten Sonja. Wieder einmal ist sie die erste in dem kleinen, fensterlosen Raum im Jugendhaus Schillerstraße, wo der CHAOS-Computerclub seine Zentrale hat, und natürlich hat sie sich sofort auf das neue Fantasy-Rollenspiel stürzen müssen. Jetzt blickt sie sich ausführlich um und findet wieder einmal, daß der Name CHAOS ganz prima zu diesem Club paßt. Die Abkürzung steht zwar eigentlich nur für »Cracker,

Hacker And Other Sorcerers«, aber chaotisch geht es hier trotzdem zu. Überall stehen Rechner herum, teils sind es museumsreife Stücke, teils auch welche mit der neuesten Technik. Viele sind geöffnet, weil gerade an ihnen herumgebastelt wird. An den Wänden hängen Poster von Computerspielen: Indiana Jones, der das Schicksal von Atlantis aufklären will, ein muskelbepackter Held auf dem Weg in die Höhlen der Unterwelt des sagenhaften Ultima, Raumschiffe im Kampf gegen den Todesstern und ein Zauberlehrling auf einem fliegenden Teppich! Und dazwischen ein Filmposter, das eine schlanke, rothaarige Amazone mit blitzendem Schwert zeigt, die Rote Sonja.

Walter, der so etwas wie der Koordinator des Clubs ist, hat es aufgehängt, als Kathrin vor einigen Monaten Mitglied dieses merkwürdigen Vereins wurde. Denn »Red Sonja« nennt sich Kathrin, wenn sie als Heldin eines ihrer Computer-Rollenspiele bestehen will. Unter diesem Namen ist sie auch in der ganzen Szene bekannt.

Heute, am ersten Tag der Herbstferien, haben sich alle Clubmitglieder für den Abend verabredet, um mit dem längst überfälligen Aufräumen und Putzen zu beginnen. Kathrin ist allerdings schon viel früher gekommen, denn sie ist schrecklich neugierig gewesen auf das brandneue Spiel, das Walter erst gestern auf der Festplatte des neuen Pentium-Computers installiert hat.

Doch wie bei solchen Rollenspielen immer, hat sie natürlich nicht sofort voll loslegen können. Denn zunächst einmal mußte sie sich die Helden zusammenbasteln, mit denen sie ihr Abenteuer bestehen will. Und das ist ziemlich wichtig, immerhin wird sie mit dieser Gruppe vielleicht Wochen und Monate vor dem Monitor verbringen. Als erstes hat Kathrin natürlich die Rote Sonja geschaffen, eine Hexe, deren Hauptmerkmale viel Charisma und eine

Menge Intuition sind. Nun muß sie noch fünf Gefährten »generieren«, wie das in der Rollenspielerszene heißt.

»Also, zunächst ein Wikinger«, murmelt Kathrin, »der braucht viel Mut, Kampfkraft und Geschicklichkeit!« Nach einem Mausklick gibt ihr der Computer Werte zwischen 8 und 13, die sie auf die verschiedenen Eigenschaften ihres Helden verteilen kann. Je höher die Werte, um so besser ist der Held dann im Spiel. Und so läßt sich Kathrin Zeit. Erst als nach mehreren Versuchen der Wikinger einen Mut von 13 hat und sich Geschicklichkeit und Kampfkraft auf einem Wert von 12 befinden, ist sie zufrieden. Aus einem guten Dutzend Bildern sucht sie sich eines für den Helden aus. Dann fordert der Computer sie auf, einen Namen einzugeben. Kathrin zögert einen Moment, dann grinst sie und tippt »Ulli« ein. Ulli Mayr ist im CHAOS-Computerclub der Spezialist für Actionspiele. Mit blitzschnellem Finger und Joystick kann er sich aus jeder noch so aussichtslosen Situation herauskämpfen. Mit seinem »FC Chaos« hat er den Europacup geholt, und er triumphiert auf sämtlichen Formel-1-Strecken dieser Welt – auf dem Bildschirm natürlich. Wegen seiner Vorliebe für Ballerspiele, die sie selbst ziemlich anöden, streitet Kathrin oft leidenschaftlich mit Ulli, einem ewig grinsenden, schlaksigen Jungen, der seine langen braunen Haare zu einem kleinen Zopf zusammengebunden hat.

Den Gaukler, der in ihrer Party auf keinen Fall fehlen darf, tauft Kathrin ohne lange zu überlegen auf den Namen Walter. Sie schmunzelt bei dem Gedanken an den quirligen, schwarzgelockten Walter Spieler, der keine Minute ruhig sitzen kann. Als Sysop, also System operator, führt er Regie über die Mailbox des Clubs, und er schafft es immer irgendwie, beim Jugendamt Räume und Geld aufzutreiben und bei Computerfirmen Hard- und Software und vor allem Spiele billig, manchmal sogar kostenlos zu beschaffen. Und so verleiht Kathrin ihrem Spiel-Walter nicht nur hohe Werte für Geschicklichkeit und Fingerfertigkeit, sondern sie achtet auch darauf, daß er besonders gut im Überreden und Feilschen, Schlösserknacken und Falschspielen ist.

Natürlich muß auch ein wirklich solider Handwerker für alle Wechselfälle des Abenteuers in der Gruppe der Roten Sonja sein. Für solche Aufgaben kommt eigentlich nur ein Zwerg in Frage, geschickt und kräftig zugleich. Er muß auch etwas von Schmiedekunst und Bergbau verstehen, denn das sind Talente, die man in Höhlen und Verliesen unbedingt braucht! Kathrin benötigt einige Minuten, bis sie die Zufallszahlen so auf Eigenschaften und Fähigkeiten verteilt hat, daß der gewünschte Zwerg getauft werden kann. Sie findet die Idee witzig, nun wirklich alle Helden des Spiels nach ihren Freunden aus dem Computerclub zu benennen, und so nennt sie den Zwerg kurzentschlossen Michael. Das tut sie nicht nur deshalb, weil Michael Zink wohl das kleinste Mitglied von CHAOS ist. Es gibt keinen Computer, den er nicht »tunen«, leistungsfähiger machen kann, vor allem aber versteht er es, sich zu allen möglichen Leitungsnetzen Zugang zu verschaffen – und zwar kostenlos! Inzwischen ist er als »Phreaker« in der Szene so bekannt, daß ihn sogar Hauptkommissar Erik Keller von der Dienststelle Computerkriminalität in verzwickten Fällen ab und zu um Rat fragt.

So stehen der Roten Sonja, einer Hexe mit wallenden roten Haaren, mit dem Wikinger Ulli, dem Zwerg Michael und dem Gaukler Walter drei vielseitig begabte Kampfgefährten zur Seite. Aber noch fehlt ein wirklich genialer Zauberer. Hohe Werte in Klugheit und Charisma muß er haben, von Alchemie, Magie und alten Sprachen soll er etwas verstehen. Nach fast einer Viertelstunde hat sie es geschafft, einen Magier namens »Alexander« zu generieren. Der Alexander, den sie dabei vor Augen hat, ist ein vierundzwanzigjähriger Student, dem schon die Haare ausgehen. In Hackerkreisen nennt man ihn den »grey wizard« und im Club den »Prof«. Es gibt Gerüchte in der Szene, nach denen sich dieser Alexander von Greif schon in fast allen hochgeheimen Computernetzen rund um die Welt getummelt hat.

Fehlt eigentlich nur noch ein Elf, der ein guter Bogenschütze und Zauberer zugleich ist, denkt Kathrin. Noch bevor sie darangeht, das letzte Mitglied ihrer Heldentruppe zu kreieren, weiß sie dessen Namen. Sebastian wird er heißen, so wie der Junge, der – genauso wie Kathrin selbst – abenteuerliche Rollenspiele auf dem Computer über alles liebt. Sebastian Gerner ist nach einem Unfall vor über zwei Jahren querschnittgelähmt. Seine Mailbox, über die er auch oft mit Kathrin plaudert, ist zu seiner wichtigsten Verbindung zur Außenwelt geworden.

Plötzlich beginnt der Bildschirm zu flackern, und mitten auf dem Monitor erscheint eine Schrift:

Wichtige Mitteilung!
direkte Verbindung herstellen und Anwendung unterbrechen (Enter)
oder erst später ansehen (Esc)

Für einen Moment schwebt Kathrins Hand über der Escape-Taste, denn eigentlich möchte sie ihre Heldengruppe lieber ungestört komplettieren. Dann aber gibt sie sich einen Ruck und drückt »Enter«. Die Clubmitglieder wählen nur höchst selten die Möglichkeit der »urgent messages«, wenn sie mit der CHAOS-Mailbox in Kontakt treten, also muß da jetzt schon etwas Außergewöhnliches passiert sein. Gespannt sieht sie auf den Monitor.

Dr. Who

Hi, CHAOS-Freaks,
wollte Euch eigentlich überraschen, brauche jetzt aber dringend Eure Hilfe. Die Sache wächst mir langsam über den Kopf, die Typen sind schlauer, als ich gedacht habe.

Dr. Who, das ist der Name, den Sebastian in den Computerspielen für sich benützt. Warum er nur so langsam tippt, fragt sich Kathrin jetzt.

Schon gestern hatte ich den Verdacht, daß jemand sich bei mir eingeloggt hat, und heute morgen habe ich sogar eine Drohung er

Kathrin starrt auf den Bildschirm und wartet auf die Fortsetzung der Mitteilung. Als es nach fast einer Minute immer noch nicht weitergeht, schüttelt sie den Kopf. Die Leitung muß unterbrochen oder gestört worden sein, denkt sie und beschließt, selbst Verbindung mit Sebastian aufzunehmen. Mit einem Mausklick will Kathrin das entsprechende Programm anwählen.

Wollen Sie die Leitung unterbrechen?
Bestätigen (Enter)
Kommunikation aufrechterhalten (Esc)

Verwundert blickt Kathrin auf den Monitor. Die Leitung steht also noch! Aber warum schreibt Sebastian dann nicht weiter? Sie hört hinter sich Geräusche und sieht Alexander hereinkommen.

»Aha, Kathrin, natürlich am Spielen. Du hättest ja ruhig schon mal mit dem Aufräumen anfangen können«, ruft der Prof gutgelaunt.

»Komm schnell her, da passiert etwas ganz Merkwürdiges!« sagt Kathrin und stellt mit einem Tastendruck das ursprüngliche Bild wieder her. Noch immer endet der Brief mitten im Wort. »Er hat jetzt schon gut zwei Minuten nichts mehr getippt!«

»Und du, hast du schon irgend etwas geschrieben?« fragt Alexander.

Kathrin schüttelt den Kopf. »Ich Idiot, darauf hätt ich auch selber kommen können!« Sie klickt ein Symbol auf dem Bildschirm an und hackt in die Tasten.

Hey, Seb? Was ist los? Melde dich!

In diesem Moment beginnt der Monitor zu blinken, und es erscheint die Meldung:

Kommunikation unterbrochen
Kommunikation unterbrochen
Kommunikation unterbrochen

Jetzt schüttelt auch Alexander verwirrt den Kopf, während Kathrin blitzschnell das Menü wechselt. Die Mitgliederliste des CHAOS-Computerclubs erscheint, Kathrin klickt auf »Sebastian Gerner« und dann auf das Icon »Automatisch wählen«.

Teilnehmer meldet sich nicht

Immer wieder blinkt diese Meldung auf, auch nach dem dritten Versuch. Unterdessen ist Alexander zum Wandtelephon neben der Tür gesprintet und hat hektisch Sebastians Nummer eingetippt.

»Besetzt«, ruft er stirnrunzelnd, doch dann hellt sich seine Miene auf: »Wahrscheinlich hat er jemanden an der Strippe und hat deshalb nicht weitergeschrieben!«

Für einen Moment ist Kathrin erleichtert, dann aber schüttelt sie skeptisch den Kopf: »Das sieht unserem Dr. Who aber gar nicht ähnlich. Selbst wenn er wegen eines Anrufs die Verbindung gekappt hat, hätte er ja noch ein ›See you later‹ eingeben können!« Sie hat ein seltsames Gefühl bei der Sache. Irgend etwas ist da faul, davon ist sie inzwischen überzeugt.

»Ist schon eine komische Geschichte ...« murmelt nun auch Alexander.

»Was ist eine komische Geschichte?« ruft da eine Stimme von hinten. Michael steht in der Tür. Er fährt sich durch seine schwarzen Haare, die wie immer so verstrubbelt aussehen, als sei er gerade erst aus dem Bett gestiegen. Er blickt Kathrin fragend an.

»Irgendwas stimmt nicht mit Sebastian«, antwortet sie besorgt und erklärt Michael, was passiert ist.

Der streicht sich nachdenklich über seinen Dreitagebart und versucht selbst noch einmal, eine Verbindung über das Modem herzustellen. Dann schüttelt er den Kopf. »Das ist wirklich crazy! Selbst wenn er gerade am Telephon hängt, dann müßten wir doch in seine Mailbox reinkommen! Er hat ja zwei Nummern.«

»Mensch, du hast recht! Wieso bin ich da nicht selber draufgekommen!« Kathrin greift sich an den Kopf. »Was ist da bloß los?«

»Und was ist«, überlegt Alexander laut vor sich hin, »wenn Sebastians Modem oder sonst irgend etwas an der Hardware seinen Geist aufgegeben hat? Vielleicht telephoniert er deshalb gerade mit irgendeiner Firma ...«

»Und mit so einer Erklärung bist du zufrieden?« unterbricht ihn Kathrin.

»Eigentlich nicht«, antwortet Alexander.

»Also los, fahren wir hin!« ruft Kathrin. »Wir müssen unbedingt rausfinden, was da wirklich läuft.« Kurzentschlossen schaltet sie den Computer aus und nickt Alexander auffordernd zu: »Wo steht deine Mühle?«

»Da, wo sie immer steht«, gibt der zurück und hastet voraus. Die beiden anderen folgen ihm über die Kellertreppe zum Haupteingang des Jugendhauses. Dort steht direkt neben dem Eingang ein uralter knallroter 2CV. Kathrin zieht Alexander oft damit auf, daß man bei dieser Farbe die Rostflecken nicht so deutlich sieht.

»Ah, schon wieder ein Liebesbrief!« meint Alexander grinsend, nimmt einen gefalteten Zettel von der Windschutzscheibe, knüllt ihn zusammen und schiebt ihn in die Hosentasche. Mindestens zweimal in der Woche bekommt er hier einen Strafzettel wegen Falschparken, und im CHAOS-Computerclub hält sich hartnäckig das Gerücht, der Prof würde sich immer wieder im städtischen Zentralcomputer tummeln und all seine Bußgeldbescheide löschen.

Kathrin läßt sich auf den Beifahrersitz fallen, während Michael sich hinten zwischen Büchern, Computerzeitungen, einer angegrabbelten Aktentasche und leeren Cola-Büchsen erst einmal ein bißchen Platz verschaffen muß. Stockend, aber immerhin gleich beim ersten Mal, springt der Motor an, und als Alexander die Handbremse löst, macht der Wagen einen Satz nach vorne. Während die Ente quietschend um die Ecken fährt, hängt Kathrin ihren Gedanken nach. Sie erinnert sich daran, wie sie Sebastian kennengelernt hat, zunächst nur über Mailbox:

Hi, Red Sonja,
freue mich über die erste Frau in unserem Haufen und hoffe, Dich bald mal persönlich kennenzulernen. Leider bin ich ja nicht so beweglich wie Du ...

Kathrin hatte nicht verstanden, was er damit sagen wollte, doch Walter hatte sie dann aufgeklärt, daß Sebastian – in der Szene nur unter dem Namen Dr. Who bekannt – seit mehr als zwei Jahren im Rollstuhl saß. Weil er wie Kathrin Computer-Rollenspiele über alles liebt, haben sie sich seither über die Mailbox oft gegenseitig Tips gegeben, wenn sie in irgendeinem Spiel steckengeblieben sind. So haben sie sich eigentlich schon recht gut kennengelernt, aber trotzdem hat sich Kathrin sehr unsicher gefühlt, als sie Sebastian vor einer guten Woche zum erstenmal persönlich begegnet ist. Er tat ihr leid, wie er da in seinem Rollstuhl in dem winzigen Zimmer herumkurvte. Sebastian, der ihre Verlegenheit spürte, hat ihr sofort deutlich gemacht, daß er nichts mehr haßt als mitleidige Blicke. In den zwei Jahren nach seinem Unfall hat er gelernt, mit seiner Querschnittlähmung umzugehen. Stolz hat er Kathrin gezeigt, wie er sich in seinem Raum im Erdgeschoß des kleinen Reihenhauses seiner Familie eingerichtet und installiert hat. Kathrin ist sich fast vorgekommen wie im Kommandostand des Raumschiffs Enterprise: überall alle möglichen Computer und Ersatzteile, doch im Gegensatz zum Clubraum in der Schillerstraße war bei Sebastian alles gut organisiert und tadellos in Schuß. Das Geld für all die aufwendige Technik hat sich Sebastian selbst verdient. Als »Dr. Who« hat er einen Lösungsservice für Computerspiele aufgemacht, der inzwischen sogar in der Schweiz und in Österreich bekannt ist. Wer also nicht weiß, wie Indiana Jones die Insel Atlantis erreichen kann, oder wer sich in den Geheimgängen einer verwunschenen Burg nicht zurechtfindet, kann bei ihm die Komplettlösung samt Karten erhalten. Billig ist das aber nicht! Doch Kathrin weiß nur allzu genau, wie frustrierend es ist, mitten in einem Spiel festzuhängen und einfach nicht mehr weiterzukommen ...

Alexander bremst ruckartig, und Kathrin wäre beinahe mit dem Kopf gegen die Windschutzscheibe geknallt. Natürlich hat sie in der Aufregung vergessen, sich anzuschnallen. Während sie sich noch hochrappelt, spurten Michael und Alexander schon zum Tor des kleinen Vorgartens und drücken auf die Klingel. Aber obwohl sie schließlich Sturm läuten, macht niemand auf. Frustriert blicken die drei auf das Reihenhaus.

»Das wird ja immer seltsamer. Weg kann er ja schlecht sein«, meint Michael.

»Vielleicht sollten wir die Polizei rufen?« fragt Kathrin, die inzwischen ernsthaft beunruhigt ist.

»Na, ob das so eine gute Idee ist ...« antwortet Alexander zweifelnd.

»Mehr als lächerlich machen können wir uns ja nicht!« meint Kathrin

»Weiß jemand, wo sein Vater arbeitet?« will Michael wissen.

»Der hat hier in der Nähe eine Autowerkstatt, Sebastians Bruder arbeitet auch dort.« Kathrin zuckt die Achseln. »Irgend so eine kleine Klitsche! Aber ich habe keine blasse Ahnung, wo die ist.«

»Vielleicht sollten wir bei einem Nachbarn läuten«, schlägt Alexander vor.

»Hey, guckt euch das mal an!« ruft Michael plötzlich. »Da ist wirklich was oberfaul.« Er steigt auf die Klinke der Gittertür, klettert in den Vorgarten und läuft rasch die kleine Treppe hinauf. »Die Tür ist nur angelehnt!«

Michael geht ins Haus und drückt auf den elektrischen Toröffner, so daß ihm Kathrin und Alexander folgen können. Sofort sehen die drei, daß auch die Tür zu Sebastians Zimmer, das auf den Garten hinausgeht, weit offensteht.

Als sie den Raum betritt, durchfährt Kathrin ein riesiger Schreck. Auf den ersten Blick wirkt es fast so, als habe eine Bombe eingeschlagen. Der Tisch, auf dem Sebastian seine Computer zusammenbaut, ist umgeworfen, die Monitore sind zertrümmert, die Lautsprecherbespannungen zerschnitten. Die Poster sind von den Wänden gerissen, die Bücher aus den Regalen gefetzt, eine Fensterscheibe ist eingeworfen. Sebastians Laptop und sein Minitower sind völlig zerbeult – es sieht aus, als habe jemand mit einem schweren Gegenstand auf sie eingeschlagen. Die Kabel des Modems sind aus der Wand gerissen. Und dann erst sieht Kathrin Sebastian, der leblos unter seinem Rollstuhl liegt, etwas hinter dem Tisch verborgen. Im Raum ist es totenstill, nur aus dem Gang hinter ihr kann Kathrin ein leises, gleichmäßiges Piepsen hören: das Besetztzeichen.

Für einen Moment sind die drei wie gelähmt, dann faßt sich Kathrin als erste. Sie läuft zu Sebastian, langt an seine Stirn und nimmt seine Hand. »Er lebt, ich kann seinen Puls spüren!«

»Ich rufe den Notarzt«, sagt Alexander, der jetzt auch seine Erstarrung überwindet und in die Diele rennt.

Vorsichtig hebt Michael den Rollstuhl von Sebastians Körper weg.

»Wer kann das nur getan haben?« murmelt er vor sich hin.

Kathrin bettet Sebastians Kopf vorsichtig auf ihre Jacke. »Am besten, wir verändern seine Lage nicht«, sagt sie, »das haben wir im Erste-Hilfe-Kurs so gelernt!«

»Und wenn er innere Blutungen hat?« Michael schaut Kathrin fragend an. »Vielleicht sollten wir ihn auf die Seite legen?«

»Ich weiß es doch auch nicht!« faucht Kathrin ihn an. »Ich hab doch so was auch noch nie erlebt!«

»Die Sanitäter sind gleich da!« beruhigt Alexander, der inzwischen wieder den Raum betreten hat, die beiden.

Kathrin beugt den Kopf zu Sebastians Ohr herunter und flüstert: »Sebastian, kannst du mich hören? Der Arzt ist schon unterwegs. Es wird alles wieder gut!« Aber Sebastian reagiert nicht auf ihre Worte. Selten hat sie sich so hilflos gefühlt.

Michael scheint es nicht anders zu gehen; Kathrin bemerkt, daß ihm Tränen die Wangen herunterlaufen, obwohl er sich doch sonst immer so cool gibt. Unentwegt schüttelt er den Kopf, als könne er nicht glauben, was da passiert ist. Kathrin hält immer noch Sebastians Hand und fühlt seinen Puls. Sie fragt sich, wo die Sanitäter bloß bleiben. Sie zittert am ganzen Körper und kann nicht begreifen, wie Alexander so ruhig bleiben kann. Mit steinernem Gesicht sieht er sich aufmerksam um. Er bückt sich und untersucht den zertrümmerten Computertower, dessen seitliche Deckplatte weggespickt ist.

»Die Festplatte ist völlig im Eimer, da ist nichts mehr zu machen!« stellt er trocken fest. Als ob das jetzt wichtig wäre …

Plötzlich stößt Michael einen überraschten Ruf aus

und deutet auf ein Hängeregal über der Arbeitsplatte. »Seine ganzen Disketten, sie sind weg!«

Kathrin sieht sich im Raum um. Tatsächlich! Nirgends in dem ganzen Chaos ist eine der zahlreichen Boxen zu sehen, in denen Sebastian seine Schätze aufbewahrt: Hunderte von Disketten mit Computerspielen und deren Lösungen, mit Textverarbeitungs- und Graphikprogrammen, mit den verschiedensten Tools und mit der gesamten Korrespondenz, die er über sein Modem führt.

Nun beugt sich Alexander wieder zu Sebastians Computertower hinunter. Er scheint fest entschlossen, die Schäden so genau wie möglich zu untersuchen. Vielleicht hat er ja recht, denkt Kathrin, denn für Sebastian können wir im Augenblick wirklich nichts tun. Dann sieht sie, wie er einen Knopf auf der Vorderseite drückt. Befriedigt nickt er, als eine Diskette herausspringt, die er sofort in seiner Jackentasche verschwinden läßt.

Endlich trifft der Notarztwagen ein. »Verlassen Sie bitte sofort den Raum, damit wir unsere Arbeit tun können!« Einer der Sanitäter rüttelt sanft an Kathrins Schulter und führt sie hinaus, während der Notarzt sich über Sebastian beugt.

»Haben Sie schon die Polizei angerufen?« fragt er.

Kathrin schüttelt den Kopf. In ihrer Angst um Sebastian ist sie auf diese Idee gar nicht gekommen. Aber sie wundert sich ein bißchen, daß Alexander offenbar auch nicht daran gedacht hat.

»Es war bestimmt wichtiger, uns zu verständigen«, sagt der Mann freundlich. »Dann telephoniere ich mit der Kripo! Die wird sicher auch noch Fragen an Sie haben.«

Zwei Sanitäter tragen Sebastian auf einer Bahre zum Wagen. »Was ist …« fragt Kathrin den vorbeihastenden Arzt.

»Ich kann Ihnen gar nichts sagen. Der Patient muß erst gründlich untersucht werden. Sind Sie die Schwester?«

»Wir sind Freunde von Sebastian!«

»Sie sollten sofort die Angehörigen verständigen. Sein Zustand ist ernst, aber im Moment nicht kritisch. Auf jeden Fall müssen wir jetzt so schnell wie möglich ins Krankenhaus!«

Während sich die Ambulanz mit Blaulicht und Sirene entfernt, trifft die Polizei ein. Mit Kreidestrichen zeichnen die Beamten die Position auf den Boden, in der Sebastian lag. Blitzlichter flammen auf, als Fotos des Tatorts geschossen werden. Ein junger Mann, der sich als Kommissar Werner vorstellt, bittet Kathrin, Alexander und Michael, mit ihm das Haus zu verlassen, und läßt sich alles noch einmal genau schildern.

»Dann ist also etwa eine Viertelstunde vergangen«, konstatiert der Beamte, »von dem Zeitpunkt, als die Telephonverbindung ...«

»Modemverbindung«, korrigiert ihn Alexander.

»Das ist jetzt nicht so wichtig! Es ist jedenfalls eine Viertelstunde vergangen vom Abbruch der Verbindung bis Sie hier am Haus waren!«

Kathrin nickt. »Auf die Minute können wir's Ihnen im Augenblick nicht sagen. Aber später schon. Jedes Einloggen in unsere Mailbox wird ja mit Datum und Uhrzeit mitprotokolliert ...«

»Ja, da wäre ich Ihnen dankbar, wenn Sie mir den genauen Zeitpunkt noch mitteilen könnten. Auch wenn ich noch nicht weiß, ob uns das weiterbringt!« Der Kommissar zuckt mit den Achseln und fragt dann: »Haben Sie irgendeine Vermutung, wer das getan haben könnte? Hat der junge Mann Feinde?«

Während Werner und Alexander den Kopf schütteln,

erinnert sich Kathrin an die letzte Mitteilung Sebastians. »Er schrieb da etwas von einer Sache, die ihm über den Kopf wachsen würde. Und anscheinend hat sich gestern jemand bei ihm im System rumgetrieben ...«

»Haben Sie diese Mitteilung noch?«

»Irgendwo muß sie schon abgespeichert sein, ich kann Ihnen den genauen Wortlaut geben!«

»Also, am besten wird es sein, wenn ich mich einmal mit Ihnen in Ihrem Computerclub treffe. Vielleicht können Sie mir doch noch einige Hinweise geben, falls die Täter in Hackerkreisen zu finden sind.«

»Wieso in Hackerkreisen?« fragt Michael empört.

»Verstehen Sie mich nicht falsch«, wehrt der Kommissar ab. »Aber wenn ich Frau Hartmann richtig verstanden habe, hat Ihr Freund ja in seinem letzten Brief geschrieben, er habe einen Hacker bei sich bemerkt. Und so einem Hinweis muß ich ja wohl nachgehen. Aber es kann natürlich auch etwas ganz anderes sein. Ich muß vor allem erst einmal mit dem Vater und dem Bruder des Opfers reden. Wir haben sie schon verständigt. Sonst hätte ich im Moment nichts mehr ...« Kommissar Werner blickt auf seinen Notizblock. »Ah, doch noch eine Frage. Haben Sie im Zimmer des Opfers irgend etwas angerührt oder entfernt?«

»Na ja, ein paar Fingerabdrücke von uns werden Sie schon finden«, sagt Alexander schnell. »Im ersten Moment haben wir natürlich nicht daran gedacht, daß wir das nicht sollten! Aber weggenommen haben wir nichts!«

Kathrin wirft Alexander einen verstohlenen Blick zu. Sie denkt an die Diskette, die er in seiner Hosentasche verschwinden ließ. Aber natürlich sagt sie nichts davon.

»Laßt uns zum Krankenhaus fahren«, fordert sie ihre Freunde auf. »Vielleicht kann man uns schon sagen, wie es um Sebastian steht!«

Entdeckungen

Lady Sonja nähert sich dem König und verbeugt sich. Der streichelt seinen Windhund, nickt huldvoll und überreicht ihr eine gesiegelte Urkunde. »Hiermit ernennen wir Euch zur Vizekönigin aller Länder, die Ihr entdeckt. Besiedelt und erforscht die Neue Welt!« Wenig später besteigt Lady Sonja ihre Karavelle.

Im Jahre des Herrn Eintausendvierhundertzweiundneunzig verließ eine von der großen Entdeckerin Sonja geleitete Expedition London und brach zu einer langen Reise auf. Im Auftrag und mit dem Segen von England erforschten die mutigen Männer die Weltmeere, fanden Länder, die bisher auf keiner Karte verzeichnet waren, und gründeten Kolonien, um den Ruhm ihres Vaterlandes zu vermehren. Eine kleine Flotte mit Soldaten und Pionieren an Bord setzte die Segel. Wer wußte schon, welche Wunder und Gefahren auf sie lauerten?

Im Westen des unendlichen Ozeans entdeckt Lady Sonja eine Küste und fruchtbares Land. Und sie wird gleich vor schwere Entscheidungen gestellt. Wie soll sie sich den Einwohnern dieses Landstrichs gegenüber verhalten? Welche Rohstoffe soll sie abbauen lassen? Soll sie ihre Soldaten auf Goldsuche schicken?

Mit einem Mausklick beendet Kathrin das Spiel und seufzt. »›Colonization‹ mag ja ein interessantes Game sein, aber im Moment habe ich wirklich keinen Bock darauf!«

»Hätt ich dir gleich sagen können«, meint Alexander, und Michael nickt zustimmend.

Die drei sitzen im Zimmer von Otto Klopfer, der für die EDV im städtischen Krankenhaus verantwortlich ist. Weil ihm der CHAOS-Computerclub einmal ziemlich aus der Patsche geholfen hat, hat er Kathrin und ihren Freunden angeboten, in seinem Arbeitsraum zu warten. Seit drei Stunden sitzen sie nun schon hier herum, und es ist immer noch niemand gekommen, um ihnen zu sagen, wie es Sebastian geht. Kathrins Versuch, sich mit einem von Otto Klopfers neuen Computerspielen abzulenken, hat nicht viel gebracht. Sie sieht zu, wie Alexander wieder einmal aufsteht und im Raum herumtigert, und kaut nervös an ihren Fingernägeln.

Michael hat sich in einen Polstersessel gelümmelt, schüttelt alle paar Minuten nachdenklich den Kopf und murmelt etwas Unverständliches vor sich hin.

Endlich öffnet sich die Tür, und Kathrins Vater betritt den Raum. Gerhard Hartmann ist Personalchef des Krankenhauses; bestimmt bringt er endlich Neuigkeiten über Sebastian.

»Geht es ihm gut?« platzt Kathrin heraus.

Ihr Vater lächelt beruhigend. »Ich habe mit Dr. Ringseisen gesprochen. Der will sich zwar noch nicht festlegen, aber auf jeden Fall ist Sebastian über den Berg. Er ist nicht mehr auf der Intensivstation, und sie haben auch seinen Kopf schon geröntgt. O. B.«

»O. B.?« fragt Michael verständnislos.

»Ohne Befund! Sebastian hat eine Platzwunde am Kopf, die genäht werden mußte, aber sonst scheint alles in Ordnung zu sein. Vermutlich hat er auch eine leichte Gehirnerschütterung, er wird wohl noch ein paar Tage zur Beobachtung hierbleiben müssen. Körperlich wird er wohl schnell wieder fit sein, aber . . .« Gerhard Hartmann beendet den Satz nicht und macht ein ernstes Gesicht.

»Was ist mit Sebastian?« fragt Kathrin besorgt. »Du verheimlichst uns doch nichts, Paps?«

»Als er aus der Bewußtlosigkeit erwachte, konnte er sich an nichts mehr erinnern, was heute passiert ist. Irgendwann gestern abend hört seine Erinnerung auf!«

»Können wir ihn sehen?« will Kathrin wissen.

»Das habe ich Dr. Ringseisen natürlich auch gefragt, und zuerst wollte er gar nichts davon wissen. Aber dann hat er doch zugestimmt. Vielleicht könnt ihr ihm und Sebastian helfen.«

»Helfen?« fragt Alexander ungläubig.

»Ja, seinem Gedächtnis auf die Sprünge helfen. Genaueres wird euch Dr. Ringseisen sagen. Ihr sollt zu ihm gehen. Medizinische Abteilung C, du weißt ja, wo das ist.« Gerhard Hartmann nickt seiner Tochter zu. »Meldet euch bei der Stationsschwester!«

Kathrin führt ihre Freunde zum Lift.

»In allen Krankenhäusern riecht es gleich!« Michael zieht geräuschvoll die Luft ein. »Da wird's mir immer gleich schwummrig!«

Die drei fahren in den fünften Stock hoch und gehen zum Schwesternzimmer. Nachdem Kathrin geklopft hat, öffnet eine ältere Frau.

»Aha, Kathrin Hartmann«, sagt sie. »Ihr müßt euch noch ein bißchen gedulden, Dr. Ringseisen ist noch nicht soweit. Geht solange in den Besucherraum, da wartet schon einer, der auch zu euerm Freund will!«

Die drei sehen sich fragend an, während sie den Gang hinunterschlendern. »Einer vom Club?« überlegt Michael laut.

»Das kann ich mir nicht vorstellen«, meint Alexander. »Wir haben doch extra gesagt, daß erst einmal außer uns niemand kommen soll!«

»Vielleicht Walter«, vermutet Kathrin, »er kennt Sebastian ja am längsten von uns allen.«

Aber es ist nicht der quirlige System operator des CHAOS-Computerclubs. Auf dem schon etwas abgewetzten Sofa des Besucherzimmers sitzt ein Junge, der seinen Kopf in beide Hände gestützt hat und auf den Boden starrt. Als die drei den Raum betreten, schaut er hoch. Kathrin sieht, daß seine blonden, halblangen Haare ungekämmt und verschwitzt sind, und seine Fingernägel haben Schmutzränder. Der Unbekannte bemerkt Kathrins musternden Blick und deutet ihn richtig. »Ich komme direkt von der Arbeit«, sagt er schroff, »und ich hatte wirklich keine Zeit, mich groß umzuziehen oder zu waschen!«

»Du mußt Peter sein, Sebastians Bruder«, vermutet Alexander, »der in der Autowerkstatt arbeitet!«

»Der Kandidat hat hundert Punkte«, knurrt der Junge. »Und ihr seid wohl von Sebastians komischem Computerhaufen!«

»Das ist Alexander, der Prof, unser verkanntes Genie«, stellt Michael seinen Freund vor und versucht, mit ein paar launigen Worten die gedrückte Stimmung etwas aufzulockern. »Und das hier ist die große Heldin aller Rollenspielabenteuer, die berühmte Rote Sonja, mit bürgerlichem Namen Kathrin Hartmann ...«

»Hab schon von euch gehört«, antwortet Peter Gerner. »Sebastian redet ständig von euch. Nach seinem Unfall ist er ja völlig in dem ganzen Computerunsinn untergegangen!«

»Und dir paßt das anscheinend gar nicht, was?« erwidert Kathrin. Dieser Knabe geht ihr langsam auf die Nerven, daran ändert auch die Tatsache nichts, daß er Sebastians Bruder ist. Warum ist er bloß so feindselig?

»Sebastian ist gerne in unserem Club, und der Computerunsinn – wie du ihn nennst – macht ihm verdammt viel Spaß.«

»Hab ich schon gecheckt. Aber was ihm das alles eingebracht hat, kannst du ja jetzt sehen!«

»Du meinst, der Überfall hat mit ...« Kathrin wird durch eine Stimme von hinten unterbrochen.

»Danke, daß ihr gekommen seid«, sagt Dr. Ringseisen und setzt sich auf einen freien Stuhl. »Körperlich geht es Sebastian – soweit man das mit letzter Sicherheit sagen kann – wieder ziemlich gut, auch wenn ich ihn noch ein paar Tage auf der Station behalten will. Aber da ist noch seine Gedächtnislücke, und die macht mir offen gestanden ein bißchen Kummer.«

Er nimmt seine Brille von der Nase, reibt kurz die roten Stellen und putzt dann die Gläser mit einem Papiertaschentuch.

»So eine partielle Amnesie kommt nach schweren Unfällen gelegentlich vor, und manchmal nach einem so dramatischen Ereignis wie einem Raubüberfall.« Der Arzt wendet sich an Sebastians Bruder. »Wie ich Ihnen schon gesagt habe, Herr Gerner, ist auch das an sich noch kein Grund zu übermäßiger Besorgnis. Die Gehirnfunktionen sind nach unseren ersten Untersuchungen nicht beeinträchtigt, ich habe aber noch eine Computertomographie angeordnet, damit wir ganz sicher sein können. Bei einem solchen teilweisen Gedächtnisverlust handelt es sich in der Regel um einen Schock, der durch das unerwartete Ereignis ausgelöst wurde. Unterstützt von irgendeiner mechanischen Einwirkung, also einem Schlag oder Aufprall ...« Dr. Ringseisen unterbricht seinen Satz für einen Moment, setzt die Brille wieder auf und schaut die vier an. »Wenn Sie irgend etwas nicht verstehen, fragen Sie bitte sofort nach. Wo war ich denn? Ja, also: Das Gehirn bemüht sich in der Regel, ein so schreckliches Erlebnis zu verdrängen, es in irgendeinen Winkel zu verbannen, und der Patient versucht dann vergeblich, sich an das Geschehen zu erinnern. Darauf deutet vieles in diesem Fall hin. Erst dachten wir, er hätte einfach alles vergessen, was heute geschehen ist, also so eine Art Filmriß gehabt, wie er eben bei mechanischen Einwirkungen oder auch bei zu viel Alkohol vorkommt. Aber dann haben wir gemerkt, daß er offenbar mehrere Gedächtnislücken hat. Möglicherweise erstrecken sie sich auf alles, was im Zusammenhang mit dem Überfall auf ihn steht.«

»Weiß Sebastian davon gar nichts mehr?« will Kathrin wissen.

Der Arzt nickt.

»Er hat also überhaupt keine Ahnung, wer ihn überfallen und sein Zimmer auf den Kopf gestellt hat?« fragt Peter Gerner nach. »Dann hat die Polizei ja noch gar keine Anhaltspunkte!«

»Mir geht es nicht in erster Linie um die Ermittlungen der Polizei«, erwidert Dr. Ringseisen. »Wir versuchen in all diesen Fällen, das Erinnerungsvermögen wiederherzustellen. Man könnte zwar sagen, das Gehirn habe einen guten Grund, so ein Erlebnis zu verdrängen, etwa um das seelische Gleichgewicht des Patienten zu erhalten. Aber der Patient fängt mit der Zeit an zu grübeln, er wird unsicher über sich und seine Fähigkeiten, denn er weiß natürlich, daß irgend etwas passiert ist, das erzählen ihm ja auch andere. Auf lange Sicht ist es wirklich besser, wenn so ein Ereignis verarbeitet und nicht verdrängt wird. Aber lassen wir das!« Ruckartig setzt sich der Arzt auf. »Kurz und gut: Je eher sich Ihr Bruder beziehungsweise Ihr Freund erinnert, um so besser. Meistens kommt das Gedächtnis in solchen Fällen von allein wieder zurück, aber man kann diesen Prozeß unterstützen. Und deswegen habe ich gedacht, Sie alle sollten mit ihm sprechen. Vielleicht hilft irgendein Satz, irgendeine Geste seiner Erinnerung auf die Sprünge!«

»Könnten Sie uns denn irgendeinen Tip geben?« fragt Kathrin den Arzt. »Über was sollen wir mit ihm reden? Welche Sachen ansprechen oder so?«

Dr. Ringseisen schüttelt den Kopf. »Unterhalten Sie sich mit ihm wie immer. Fragen Sie ihn nach allem, was Sie interessiert, natürlich auch über die letzten Ereignisse. Aber was den Erinnerungsprozeß dann auslöst oder vielleicht auch nur langsam in Gang bringt, das kann niemand sagen. Da gibt es keine Schlüsselwörter, keine Codes. Das menschliche Gehirn ist eben kein Computer, da nützen Hackerfähigkeiten wenig!«

Alexander blickt den Arzt erstaunt an. »Sie wissen von unseren ...«

»... speziellen Fähigkeiten, ja. Kathrin Hartmanns Vater hat mir ein wenig von Ihrem letzten Abenteuer erzählt. Das hat mich wirklich beeindruckt!« Dr. Ringseisen steht auf. »Aber ich bringe Sie jetzt zu dem Patienten. Sie können etwa eine halbe Stunde bleiben, dann muß er zur Computertomographie. Sollten Sie aber merken, daß er müde wird oder Schmerzen hat, dann gehen Sie bitte schon früher und verständigen eine der Schwestern!«

Der Arzt geht mit ihnen den Gang entlang und öffnet die Tür zu einem kleinen Zimmer, in dem nur ein Krankenbett steht. Sebastian dreht den bandagierten Kopf, als er seinen Bruder und seine drei Freunde hereinkommen hört. »Hey Pit«, sagt er mit einem müden Lächeln. »Und da ist ja die halbe Chaosbande! Sogar Red Sonja gibt sich die Ehre!«

Unwillkürlich wird Kathrin rot. »Wir haben uns Sorgen um dich gemacht. Es sah wirklich ganz furchtbar bei dir aus!«

»Das hat man mir auch schon erzählt!« Sebastian, der in seinem Bett noch blasser und kleiner aussieht als sonst, hüstelt und schüttelt vorsichtig den Kopf. »Aber ich hab keine Ahnung. Weißt du, Kathrin, ich komm mir fast wie in einem unserer Spiele vor. Held ohne Gedächtnis muß unbekannten Schurken suchen!« Sebastian lacht leise und verzieht dabei das Gesicht. »Mein Schädel brummt noch ganz schön, wenn ich lache. Aber ich darf in ein paar Tagen schon wieder raus, besser als damals ...«

Sebastian denkt offenbar an die Zeit nach seinem Autounfall. Damals hatte er fast zwei Monate lang im Krankenhaus gelegen.

»Ich hab Vater Bescheid gesagt, Sebi«, sagt Peter Gerner leise, »er war auswärts bei einem Kunden, ist aber schon unterwegs!«

»Der soll sich mal bloß keine Sorgen machen, Unkraut vergeht nicht!« erwidert Sebastian betont munter. Daß es in ihm ganz anders aussieht, erkennt Kathrin aber an seiner nächsten Frage. »Ihr wart doch in meinem Zimmer. Ist wirklich alles kaputt, das ganze Equipment?«

»Wichtig ist doch erst mal, daß es dir gut geht! Denk doch nicht dauernd an deine Scheiß-Computer«, blafft Peter. Dieser Typ schaut ja ganz nett aus, denkt Kathrin, aber irgendwas tickt bei dem nicht richtig, wenn es um Computer geht.

»Ich glaube nicht, daß man da noch viel reparieren kann«, schaltet sich Alexander ins Gespräch ein. »Aber wir haben im Club genug Zeug rumstehen und können dir garantiert fürs erste einen anständigen Ersatz bieten, wenn du heimkommst.«

»Schade, ich war gerade mitten in einem tollen Spiel. Da muß ich wieder von vorne anfangen ...« murmelt Sebastian.

»Spiel, Spiel!« Peter schüttelt den Kopf. »Du bist wirklich noch weggetreten. Wir müssen dahinterkommen, wer dir das angetan hat. Du mußt versuchen, dich zu erinnern!«

»Markier nicht schon wieder den großen Bruder, Old Pit«, erwidert Sebastian.

»Und du nenn mich nicht immer Pit!«

»Das ist eine Erinnerung an alte Zeiten, als wir noch Indianer und Cowboy zusammen gespielt haben. Da war er immer Old Pit«, erklärt Sebastian den anderen. »Heute mag er es gar nicht mehr, wenn ich ihn so nenne.« Er grinst. »Aber im Ernst, dieses Spiel ist das letzte, woran ich mich erinnere. Ich kam gerade nach Gashok ...«

»Du hast ›Sternenschweif‹ gespielt?« fragt Kathrin erstaunt. »Das habe ich auch gerade angefangen!«

»Laß ihn doch erst einmal alles erzählen, was er noch weiß«, fordert Michael Kathrin auf.

»Also, meine Truppe betritt gerade die Stadt Gashok, da trifft ein Pfeil die Rote Sonja in den Rücken ...«

»Die Rote Sonja?« entfährt es Kathrin.

Sebastian lacht verlegen. »Ich habe mir erlaubt, eine Waldelfe meiner Party Red Sonja zu taufen. Na ja, auf jeden Fall bin ich dann mit meiner Truppe durch Gashok getigert und habe versucht herauszufinden, wer da mit Armbrustbolzen auf uns schießt. Aber in jeder Kneipe Schweigen im Lande ...«

Kathrin sieht, wie es in Peter Gerner arbeitet. Am liebsten würde er seinen Bruder wohl unterbrechen.

»Schließlich haben wir eine abgebrannte Mühle entdeckt und Spuren gefunden, die darauf hindeuten, daß sie jemand angesteckt hat. Irgend etwas geht in diesem Städtchen vor, habe ich mir gedacht, und dann«, Sebastian macht eine kurze Pause, »kann ich mich an nichts mehr erinnern. Das war gestern abend, so um elf!«

»Du mußt noch ziemlich lange gespielt haben, so tief, wie du heute früh geschlafen hast«, bemerkt Peter. »Vater und ich haben es nicht über uns gebracht, dich zu wecken. Wir haben dir nur dein Frühstück hingestellt!«

»Aber ich hatte noch Kontakt mit dir«, platzt Kathrin heraus. »Zwar nicht direkt, aber du hast ein dringendes Mail an den Club geschickt …«

»Keinen blassen Schimmer mehr«, stößt Sebastian hervor. Schweiß steht auf seiner Stirn, so angestrengt versucht er, sich zu erinnern. »Und was soll ich gemailt haben?«

»Das werde ich so schnell nicht vergessen, ich kann es inzwischen fast auswendig«, erklärt Kathrin. »Du hast geschrieben, daß du uns irgendwie überraschen wolltest, aber jetzt unsere Hilfe brauchst, weil dir die Sache über den Kopf wächst. Und dann noch, daß irgendwelche Typen schlauer sind, als du gedacht hast, und daß sich jemand bei dir eingeloggt haben soll …«

Sebastian schüttelt den Kopf: »Das ist ja ein richtiges Puzzle!«

»Verdammt noch mal, das hier ist doch nicht eins von euren blöden Spielen!« entfährt es Peter. »Das ist die Wirklichkeit. Diese Typen hätten Sebi beinahe umgebracht!«

»Laß mich fertig erzählen«, mischt sich Kathrin ein. »Dann hast du nämlich noch geschrieben, daß du heute morgen eine Drohung erhalten hast. Und mitten im Wort ›Erhalten‹ ist die Verbindung abgebrochen! Dämmert dir was?«

Sebastian wird rot im Gesicht vor Anstrengung. Fast sieht es so aus, als würde er gleich anfangen zu weinen. »Bei mir ist totale Mattscheibe. Ihr könnt euch gar nicht vorstellen, wie beknackt das ist: Da weißt du, daß um dich herum was ganz Wichtiges passiert ist, und du kannst grübeln und denken und nichts ...«

»Uns hast du auch gesagt«, unterbricht Peter seinen Bruder, »daß du einer großen Sache auf der Spur bist. Wir würden uns noch wundern und nicht mehr über deinen Computerfimmel lästern! Das waren deine Worte beim Abendessen gestern!«

»Vielleicht fällt mir ja was ein, wenn ich ein bißchen geschlafen habe. Ich rufe euch dann sofort an. Aber jetzt bin ich verdammt müde.«

Kathrin, Alexander, Michael und Peter verstehen sofort, daß Sebastian jetzt lieber allein sein will. Als sie gerade dabei sind, sich zu verabschieden, richtet sich Sebastian plötzlich auf: »He, mir fällt gerade was ein!«

»Du erinnerst dich an etwas!« ruft Kathrin voller Hoffnung.

»Nein, so meine ich das nicht! Aber wenn die ganze Geschichte irgendwas mit dem Computer zu tun hat, dann könntet ihr doch meine Harddisk und meine Disketten durchstöbern. Ich protokolliere fast alle meine Gespräche, und wenn ihr rausfindet, was ...«

»Deine Harddisk ist total im Eimer«, unterbricht ihn Alexander dumpf, »und deine Disketten sind weg!«

»Weg?«

»Vermutlich geklaut!« erwidert Kathrin. »Wer immer dich überfallen hat, er wollte alle Spuren verwischen. Aber jetzt schlaf erst einmal. Ich komme morgen wieder vorbei!«

Auf dem Gang begegnen die vier Dr. Ringseisen und

berichten ihm von ihrem Gespräch. »Sie sollten nicht enttäuscht sein«, meint der Arzt. »Vielleicht ist durch irgendein Wort, irgendeinen Hinweis bei ihm etwas ausgelöst worden und arbeitet jetzt in seinem Unterbewußtsein, während er schläft. Vielleicht weiß er morgen schon ein bißchen mehr! Kommen Sie aber immer vorher zu mir oder zur Oberschwester, bevor Sie ihn besuchen!«

Dann stehen sich die drei vom Computerclub und Peter Gerner für einen Moment schweigend im Flur des Krankenhauses gegenüber. Kathrin sieht Sebastians Bruder lange an. »Irgendwas hast du doch gegen uns! Das spüre ich einfach!« sagt sie schließlich.

»Tut mir leid, daß man das so deutlich merkt«, sagt Peter mit einem schiefen Lächeln. »Nach dem Unfall haben Vater und ich versucht, Sebi zu helfen, sich wieder zurechtzufinden. Wir haben die Wohnung rollstuhlgängig gemacht, das Bad umgebaut, damit er es besser benutzen kann, und so Zeug. Im Haus ist das eigentlich ziemlich schnell gut gegangen.«

»Und?« bohrt Kathrin nach.

»Wir sind auch am Wochenende viel mit ihm rausgefahren, und einmal in der Woche habe ich ihn zum Behindertensport gebracht. Aber dann schenkte ihm Onkel Rudi seinen alten PC. Erst waren es nur ein paar Stunden, die er da gespielt hat, dann hat er anderen Computerfreaks Briefe geschrieben, und schließlich hat er die Familie so lange gelöchert, bis ein neuer Computer mit Modem im Haus war ...«

»Das ist aber doch nichts Schlimmes«, meint Alexander.

»Weißt du, Sebi war ein wirklich toller Typ. Immer draußen unterwegs, hat viel Sport getrieben und so, er hat sogar angefangen, in den Bergen zu klettern. All das hat er neben der Schule gemacht, und trotzdem schafft er sein

Abi sicher mit links. Weil ich die Werkstatt übernehmen soll, bin ich ja nicht aufs Gymnasium gegangen.« Bei diesem Satz klingt eine gewisse Bitterkeit in Peter Gerners Stimme mit. »Und jetzt vergräbt sich Sebastian immer mehr in seiner Computerwelt, verliert sich in seinen Spielen, vernachlässigt seine alten Freunde und hat Kontakt mit Typen, die auch nichts anderes im Kopf haben als Chips und Rollenspiele und ähnlichen Kram ...«

»Also, das checkst du wirklich nicht richtig«, unterbricht ihn Kathrin.

»Sorry, ich wollte euch nicht zu nahe treten. Aber schon euer Name: CHAOS! Da denke ich immer an Chaoten, und von denen habe ich in der Gewerkschaftsarbeit schon genug.« Als er die empörten Blicke von Kathrin und Michael sieht, hebt er entschuldigend die Hand. »Okay, ich weiß ja, daß ihr nicht in diesem Sinn Chaoten seid, sondern daß euer Name von ›Cracker, Hacker And Other Sorcerers‹ kommt. Aber trotzdem ... Früher hat sich Sebastian wie ich für Politik interessiert und wollte mit mir bei einer Bürgerinitiative mitarbeiten! Und jetzt? Jetzt ist er in irgendwelchen Computerwelten unterwegs, statt sich mit der wirklichen Welt zu beschäftigen. Dabei gibt es so viel zu tun!«

Nach Peter Gerners Ausbruch hängen alle ihren Gedanken nach. »Ich verstehe dich irgendwie schon«, bricht Kathrin schließlich das Schweigen, »aber glaubst du nicht, daß Sebastian nach seinem Unfall ziemlich gut mit seinem Leben zurechtkommt? Und daß er jetzt ganz besonders ein Recht darauf hat, das zu tun, was ihm wirklich Spaß macht ...«

»Ja, natürlich!« Peter zuckt mit den Achseln. »Ich mag meinen Bruder ja trotzdem, und ich finde auch, daß er eigentlich ganz gut klarkommt im großen und ganzen.

Aber ich fresse einen Besen, wenn der Überfall nicht mit eurem Computerkram zusammenhängt!«

Peter Gerner dreht sich abrupt um und geht auf den Etagenlift zu. Als er im Aufzug verschwindet, meint Michael: »In einem hat der Typ sicher recht: Sebastian hat sich im Netz herumgetrieben und etwas herausgekriegt, was er nicht wissen sollte. Und dafür hat er bezahlt!«

»Das glaube ich auch«, nickt Kathrin und wendet sich an Alexander. »Warum hast du Sebastian eigentlich nicht gesagt, daß du noch eine Diskette in seinem Laufwerk gefunden hast?«

»Du hast also gesehen, wie ich sie herausgezogen habe?« meint Alexander. »Sie wirkt auch nicht mehr gerade taufrisch, deshalb wollte ich keine allzu großen Hoffnungen wecken.«

»Gehen wir noch in den Club und untersuchen sie?« fragt Michael.

»Ich nicht«, meint Alexander. »Auch wenn es erst kurz nach zehn Uhr ist, ich bin ziemlich fertig und will mich aufs Ohr legen. Wir können uns ja gleich morgen früh treffen!«

Als Kathrin zu Hause ankommt, sind ihre Eltern noch wach. Sie erzählt, wie es Sebastian geht, und verzieht sich dann auf ihr Zimmer. Schlafen kann sie noch nicht, sie ist einfach zu aufgeregt. Und so schaltet sie ihren Computer an.

Gashok, 18. Praios, 18 n. H.
Oberflächlich erscheint es wie ein ganz normales Städtchen, aber überall spürt man unterschwellige Angst. Als wir Gashok betraten, traf ein Pfeil unseren Waldelfen Sebastian in den Rücken. Als wir die Leute in der Kneipe

darauf ansprachen, meinten einige, es könne sich nur um einen unglücklichen Zufall gehandelt haben. Andere nahmen uns beiseite und rieten uns, nachts die Straßen zu meiden. Was wir natürlich nicht tun werden!

Die Rote Sonja schließt ihr Tagebuch und macht sich mit ihren Freunden auf den Weg durch die Stadt. Fremde sind hier nicht gerne gesehen, insbesondere Elfen. Als sie die Schmiede betreten, um ihre Waffen ausbessern zu lassen, weist ihnen der Schmied mit den Worten »Für Spitzohren arbeite ich nicht!« die Tür. Schließlich entdecken sie eine abgebrannte Mühle. Als sie die Einwohner darauf ansprechen, stoßen sie auf eine Mauer des Schweigens. Nur die Kräuterfrau am Markt ist etwas auskunftsfreudiger. Die Rote Sonja notiert sich, was sie gesagt hat.

Gesprächspartner: Gerlanje
Thema: Artherion
»Der Elf Artherion hatte hier eine Mühle, ja, bis sie neulich abgebrannt ist. Danach ist er weggegangen. Soviel ich gehört habe, ist er gen Osten gezogen und lebt nun in einem kleinen Wäldchen nahe der Stadt.«

Sofort machen sich die Rote Sonja und ihre Freunde auf die Suche nach diesem Elfen. Es ist nicht einfach, ihn zu finden, und noch schwieriger, sein Mißtrauen zu überwinden. Erst nach langem Zögern erzählt er seine traurige Geschichte, die Sonja in ihrem Tagebuch aufschreibt.

Unterwegs, 21. Praios, 18 n. H.
Wir haben Artherion, den Elfen, gefunden. Er berichtete davon, daß das ursprünglich so gute Verhältnis zwischen den Menschen und den wenigen Elfen in Gashok immer

schlechter geworden sei. Warum, das hat er erst nach und nach herausgebracht. Eine geheime religiöse Sekte, der Bannstrahlerorden, gewann immer mehr Anhänger, machte die Elfen für alles Unglück verantwortlich und hetzte die Menschen auf. Eines Nachts schließlich zündeten Vermummte Artherions Mühle an, und wenn der sich nicht geschwind in einen Adler verwandelt hätte und durch die Luft geflohen wäre, hätte er nicht überlebt. Artherion meint, alles habe damit begonnen, daß vor einiger Zeit zwei Fremde nach Gashok gekommen seien. Wer aber hinter dem Ganzen steckt, wisse er nicht. Wir haben ihm versprochen, das herauszufinden.

Eine mühsame Suche beginnt. Die Rote Sonja setzt all ihre Zauberkräfte ein, um etwas über den Bannstrahlerorden und die Leute, die vielleicht hinter ihm stehen, herauszufinden. Aber sie und ihre Freunde erhalten kaum brauchbare Antworten. Einmal wird sogar die ganze Gruppe aus einer Kneipe geprügelt, weil sie allzu neugierig gefragt hat. Schließlich erbarmt sich wieder die alte Kräuterfrau und gibt einen kleinen Tip.

Gashok, 24. Praios, 18 n. H.
Gesprächspartner: Gerlanje
Thema: Auswärtige
»O ja, ich erinnere mich. Da waren zwei Fremde, die hierhin gezogen sind. Beide im selben Frühjahr, das war schon seltsam. Hier verschlägt es sonst nur selten Leute her, wißt ihr, und dann gleich zwei. Das ist seitdem auch nicht wieder vorgekommen ... Aber halt, das ist es doch. Dieser von Kuslik, der wollte hier irgend etwas erforschen. Aber der ist hier nie richtig warm geworden.«

»Endlich ein brauchbarer Hinweis«, murmelt Kathrin, gähnt und streckt sich. Für heute hat sie genug! Als sie auf die Uhr sieht, ist es bereits nach Mitternacht. Schon will sie den Computer ausschalten, da fällt ihr etwas ein. Eins muß sie unbedingt noch tun! Sie lenkt die Schritte der Roten Sonja in den Tempel, klickt auf ein Icon mit dem Bild eines Babys und ruft das Untermenü »Helden generieren« auf. Und dann erschafft Kathrin einen kräftigen Krieger mit großem Mut. Sie wählt ein grimmig blickendes Porträtbild für ihn und gibt ihm den Namen Sir Peter. Zum Schluß läßt sie die Rote Sonja an diesem Abend noch in ihr Tagebuch notieren:

Gashok, 24. Praios, 18 n. H.
Sebastian, der Waldelf, hat unsere Gruppe verlassen.
Sir Peter, der Krieger, verstärkt seit heute unsere Gruppe.

Hammer und Sternenschweif

Als Kathrin früh am nächsten Morgen in den Computerclub kommt, rechnet sie eigentlich nicht damit, schon jemanden dort anzutreffen. Aber diesmal ist sie nicht die erste. In einer Ecke des Raums flimmert bereits ein Monitor. Davor sieht sie Ulli sitzen, die linke Hand auf der Tastatur, die rechte bewegt ganz sacht die Maus. Aus einem alten Lautsprecher hört sie etwas, das wie eine Maschinengewehrsalve klingt.

Mister Action persönlich am Joystick, denkt Kathrin, das sollte man sich nicht entgehen lassen. Sie schließt leise die Tür und nähert sich vorsichtig von hinten. Aber vermutlich hätte Ulli nicht einmal eine trampelnde Elefantenherde hinter sich bemerkt, so sehr ist er in das Spiel vertieft. Ab und zu wippt sein brauner Zopf ein wenig, wenn er den Kopf schüttelt, dann huschen die Finger wieder über das Keyboard. Kathrin blickt ihm über die Schulter auf den Monitor.

Ulli schleicht vorsichtig durch ein unterirdisches Labyrinth. Immer wieder dreht und wendet er sich. Er hat eine Maschinenpistole, von der Kathrin nur Kimme, Korn und Fadenkreuz sieht, im Anschlag. Schließlich steht er vor einer verschlossenen Tür, rechts von ihr blinkt penetrant ein roter Knopf. Mit einem Schlag auf die Leertaste drückt Ulli ihn, und zischend öffnet sich das Schott einer anscheinend verlassenen Raumstation. Aber von wegen verlassen! Im Gang hinter der Tür erscheint im Fadenkreuz der Pistole ein schleimiges rotes Monster und gleich hinter ihm noch eines. Ehe Ulli reagieren kann, zischen Laserstrahlen. Für einen Moment färbt sich der Bildschirm rot, Ulli bewegt sich mit der Maus ein wenig zur Seite und beginnt nun selbst zu feuern. Die kopflosen Aliens zerplatzen im Kugelhagel, ihr Blut spritzt an die Wände ...

»Hat der Terminator wieder einmal zugeschlagen?« fragt Kathrin ironisch. »Ich würde das ätzend langweilig finden, einfach immer nur BUMM, BUMM, BUMM ...«

Erschrocken dreht sich Ulli um, erblickt Kathrin und grinst sie an. Natürlich muß er sein Lieblingsspiel gleich verteidigen. »Aber die Graphik ist einfach irre! Und daß man sich praktisch ruckelfrei durch die Gänge bewegen kann, in allen Richtungen! Du mußt doch zugeben, daß das toll ist«, erwidert er und stoppt mit einem Druck auf die Escape-Taste das Spiel. »Das Game hat einfach Maßstäbe gesetzt!«

»Klar, das Scrolling ist schon klasse, aber ansonsten ist das doch ziemlich öde.« Kathrin schüttelt verständnislos den Kopf. »Du saust durch ein riesiges Labyrinth, sammelst alle möglichen Dinge auf, vor allem Waffen, und bringst ein Monster nach dem anderen um.«

»Bei deinen Rollenspielen ist das doch auch nicht viel anders«, unterbricht Ulli sie ärgerlich.

»Aber da muß ich Rätsel lösen, meine Gruppe sinnvoll einsetzen! Aber du da in deinem Dings rennst bloß herum, siehst alles nur noch über Kimme und Korn einer Pistole oder irgendeiner anderen Waffe. Sogar eine Kettensäge gibt es, mit der du deine Gegner ...« – Kathrin gibt ihrer Stimme einen ironischen Unterton – »in beeindruckender Graphik und höchst realistisch zum Teufel jagen kannst. Ehrlich, irgendwie finde ich das zum Kotzen!«

»Aber deswegen muß man das Spiel doch noch lange nicht indizieren!«

Kathrin weiß, worauf Ulli anspielt. Die Bundesprüfstelle für jugendgefährdende Schriften hat dieses Spiel auf den Index gesetzt, es darf nicht mehr offen verkauft werden.

»Das finde ich auch ziemlich doof. Dadurch ist das Ding erst richtig hochgejubelt worden, und inzwischen wird es in jeder dritten Mailbox angeboten«, sagt sie. »Aber darum geht's mir doch gar nicht. Ich kapier bloß nicht, wie einem diese Metzelorgien Spaß machen können. Okay, ich muß es ja nicht spielen, wenn ich's blöd finde. Aber mir stinkt es, daß sich jetzt alle möglichen Spielentwickler an den Erfolg solcher Ballerspiele anhängen und daß dadurch auch auf dem PC immer mehr diese Art Action kommt ...«

»Während deine Rollenspiele immer weniger gefragt sind!« kontert Ulli. »Aber ich hab dieses Game jetzt auch nur geladen, weil ich dabei an nichts anderes denken muß. Nur manchmal hab ich mir ehrlich gesagt vorgestellt, daß ich einen von den Typen vor mir habe, die das mit Sebastian angestellt haben ...«

»Das ist ja wohl keine Lösung«, mischt sich da eine Stimme von hinten ein. Zusammen mit Michael hat Alexander, der Prof, den Clubraum betreten. »Wir sollten besser herausfinden, wer hinter dieser ganzen Geschichte steckt!«

Alexander läßt den neuen Pentium-Rechner an und zieht eine Schutzhülle mit einer Diskette aus seinem abgewetzten Tragsack.

»Ist das ...?« Kathrin vollendet ihre Frage nicht.

»Genau, das ist die Diskette, die ich gestern aus Sebastians Tower gezogen habe«, nickt der Prof. »Ich habe sie mir heute früh schon auf meinem Rechner zu Hause angesehen, aber da habe ich nicht die richtigen Tools, um irgendwelche Daten zu retten. Mein Compi sagt mir immer nur, daß er dieses Ding nicht lesen kann. Aber jetzt werden wir mal den Disk-Doktor laden. Nur möchte ich noch auf Walter warten, wir haben ihn gerade auf seinem Fahrrad überholt.«

Mit einem »Hi, Fans« betritt wenige Augenblicke später Walter den Raum. Schnaufend läßt er sich in das verschlissene Polstersofa in der Ecke fallen. »Bin ganz schön außer Puste! Ist ein ziemlicher Weg von der Klinik hierher. Und dann noch so viel bergauf!«

»Tut dir sicher nicht schlecht«, meint Kathrin grinsend und zeigt auf Walters T-Shirt, das nicht nur einen lachenden Joker, sondern auch einen deutlichen Bauchansatz zeigt. »Dein Rettungsring wird immer größer!«

»Ich soll euch von Sebastian grüßen«, berichtet Walter, ohne auf Kathrins Bemerkung einzugehen. »Bis auf einen ziemlichen Brummschädel geht es ihm ganz gut ...«

»Kann er sich schon an etwas erinnern?« platzt Michael heraus.

Walter schüttelt den Kopf. »Absolute Mattscheibe! Aber er wünscht uns viel Glück mit der Diskette, das soll ich euch sagen. Ich habe ihm davon erzählt. Sebastian ist sich ganz sicher, daß er seine ganzen Connections der letzten Zeit irgendwo protokolliert hat. Aber ob es gerade die Diskette ist, die noch im Laufwerk steckte?«

»Seien wir froh, daß wir überhaupt irgendwas in den Fingern haben«, meint Alexander. »Alle anderen Disketten haben diese Gangster ja mitgehen lassen! Die Hellsten waren es sicher nicht, sonst hätten sie die im Laufwerk nicht vergessen! Ansonsten haben diese Vandalen ja alles kurz und klein geschlagen, die Festplatte war auf jeden Fall purer Schrott! So, und jetzt wollen wir mal sehen, was unser Disk-Doktor sagt.«

Aber bevor der Prof das Programm starten kann, klopft es. Alle schauen sich fragend an.

»Die Tür ist offen«, ruft Walter schließlich, »nur herein!«

Ein schmächtiger Mann betritt den Raum und nickt allen betont freundlich zu. Kathrin hat ihn noch nie zuvor hier gesehen, und den erstaunten Gesichtern der anderen nach zu urteilen, haben auch sie keine Ahnung, wer das ist.

»Verzeihung, daß ich einfach so hereinplatze. Ich hoffe, ich störe nicht! Brauneiser, Manfred Brauneiser heiße ich, ich komme von CSHAF. Meine Visitenkarte!«

Er gibt Kathrin eine merkwürdig schimmernde längliche Karte.

COMPUTER **S**ERVICE **H**ELP **A**ND **F**UN
Manfred Brauneiser

steht darauf. Als Kathrin die Visitenkarte ein wenig dreht, verschwinden die Buchstaben, und es erscheint ein Hologramm, das ein geflügeltes Pferd zeigt.

»Wir beschäftigen uns viel mit dreidimensionalen Bildern«, erklärt Brauneiser, der Kathrins Verwunderung bemerkt. »Das haben wir alles selbst entworfen. Der Pegasus soll symbolisieren, daß wir blitzschnell mit unseren Kunden in Verbindung treten können und daß wir viele neue Ideen haben!«

Während ihre Freunde sich nun auch die Visitenkarte ansehen, mustert Kathrin den Fremden. Er hat seine Hände an den breiten Hosenträgern eingehakt, die seine Jeans halten und unter seiner beigen Designer-Stoffjacke hervorschauen. Irgend etwas an diesem Mann gefällt ihr nicht, aber sie hat keine Ahnung, was. Es ist nicht sein Dreitagebart, und es sind auch nicht seine gewellten, nach hinten gekämmten halblangen Haare. Vielleicht ist sein

Parfum zu aufdringlich, denkt Kathrin, oder sein ewiges Lächeln.

»Sie fragen sich sicher, was ich bei Ihnen, dem berühmten CHAOS-Club, will. Ja, ich habe von Ihnen gehört, Sie haben ja einen guten Ruf in der Szene! Darf ich mich setzen?« Ohne eine Antwort abzuwarten, nimmt er neben Walter auf dem Sofa Platz. »Also, CSHAF ist, wie der Name schon sagt, eine kleine, aber feine Firma, die sich auf individuelle Hilfe bei allen Computersorgen spezialisiert hat. Prompter Service, wenn der Kasten wieder einmal nicht funktioniert.« Brauneiser lacht jovial. »Aber wir bieten auch neue Rechnerkonfigurationen, wenn die gewünschte Software oder das Spiel nicht laufen will, weil zu wenig RAM-Speicher da ist. Wir arbeiten nämlich vor allem für private Kunden, und da wird immer mehr gespielt. Aber wem sage ich das? Sie glauben gar nicht, wie viele Leute täglich bei uns anrufen. Vor allem die, die bei irgendeinem der Großverteiler gekauft haben, vermeintlich billig. Aber jetzt kommen sie mit irgendeinem Problem nicht zurecht und werden dort, wo sie ihren PC erworben haben, auf den Sankt Nimmerleinstag vertröstet, wenn sie überhaupt durchkommen …«

»Stop, Mann, ist ja genug!« Ulli, dessen Gesicht bei dem nicht endenwollenden Redeschwall langsam rot angelaufen ist, verschafft sich energisch Gehör. Laut und jedes Wort einzeln betonend sagt er: »Wollen Sie uns nicht endlich sagen, warum Sie hier sind? Wir sind nämlich ziemlich beschäftigt!«

»Hab ich das noch nicht?« Brauneiser faßt sich an die Stirn und schüttelt den Kopf, als wäre er über sich selbst erstaunt. So ein Schauspieler, denkt Kathrin. So in etwa stellt sie sich den typischen Staubsaugervertreter vor.

»Wir sind zur Zeit zu fünft«, erklärt er, »und wir können uns vor Anfragen nicht retten. Und da haben wir gedacht, daß vielleicht einige von Ihnen gelegentlich bei uns etwas nebenbei verdienen wollen. Je nach Art der Sache sind fünfzig bis siebzig Märker pro Stunde schon drin! Na, interessiert?«

»Und was wären das so für Arbeiten?« fragt Michael gespannt und fährt sich durch die Strubbelhaare. Seit Wochen drängt er alle anderen, mit ihm ein neues, aber auch ziemlich teures Riesenprojekt zu starten. Er möchte ein Online-Café im Jugendhaus eröffnen. »Wir bräuchten nämlich Startkapital für eine Riesenkiste ...«

»Einen Moment, Michael«, unterbricht ihn Kathrin, »ganz so schnell geht's auch nicht! Das ist doch sicher kein neues Problem in Ihrem Betrieb, Herr Brauneiser ...«

»Nennen Sie mich ruhig Manfred«, erwidert der und setzt wieder sein breites Lächeln auf. »Das tun in unserem Laden alle!«

Doch Kathrin läßt sich nicht beirren. »Was ich nicht verstehe, Herr Brauneiser, warum kommen Sie gerade jetzt?«

»Und warum gerade zu uns?« ergänzt Alexander. »Bei uns an der Uni turnen genug fähige Informatikstudenten herum, die wahnsinnig gern eine schnelle Mark nebenbei verdienen würden!«

»Da haben wir natürlich auch unsere Helfer«, beeilt sich Brauneiser zu versichern. »Aber Sie hätten wir gern für den immer größeren Kreis der PC-Spieler gewonnen. Ich habe öfter von Ihrer Mailbox gehört, da soll es besonders viele gute Tips und Tricks geben ...«

»Stimmt haargenau – aber die können Sie ja jederzeit gegen eine Registrierungsgebühr und ein monatliches Abo abrufen«, wirft Walter ein, »das hätten Sie auch via

Modem erledigen können. Oder haben Sie die Nummer unserer Helpline nicht?«

»Na ja, aber wenn wir das in unserer Firma kommerziell weiterverwenden, fände ich das nicht sehr sauber.« Brauneiser schaut treuherzig in die Runde. »Es gibt genug Abzocker in der Szene!«

Wenn du keiner von denen bist, freß ich einen Besen, denkt Kathrin. Der Typ wird ihr immer unsympathischer, und sie merkt, daß es ihren Freunden ähnlich geht.

»Sie kommen also aus purer Menschenfreundlichkeit zu uns«, bemerkt Alexander sarkastisch, »damit wir ein bißchen mitverdienen können!«

»Verstehen Sie mich doch bitte nicht falsch!« Der Mann von CSHAF hebt entschuldigend seine Hände. »Was wir gerne hätten, ist Ihr Know-How! Wie man die config.sys und autoexec.bat konfiguriert, damit die verschiedensten Spiele laufen, aber auch Windows noch funktioniert ...«

»Muß ja ein schöner Service sein, der das nicht allein kann«, wirft Ulli ein. »Spätestens mit DOS 6.2 sollte das kein Problem mehr sein!«

»Das wissen Sie«, erwidert Brauneiser fast triumphierend, »aber bisher haben wir uns mit solchen Fragen noch wenig herumgeschlagen. Wir hätten vielleicht einen halben Nachmittag mit so einem Problem zu tun, aber Sie schreiben die entsprechenden Dateien in einer halben Stunde! Und dann gibt es Fragen wie diese: Warum streikt die Maus, wenn wir eine bestimmte Soundkarte und Windows installieren ...«

»Nehmen sie Version 3.11 von Windows, und schon ist das Problem behoben«, knurrt der Prof. »Auch wenn ich nicht weiß, warum!«

»Sehen Sie, schon wieder eine Antwort, auf die wir

sicher nicht so schnell gekommen wären! Das wäre doch eine für beide Seiten lohnende Zusammenarbeit. Und dann gäbe es auch noch ein anderes Gebiet, das uns interessieren würde!«

»Und das wäre?« fragt Kathrin, die spürt, daß dieser merkwürdige Typ jetzt endlich auf das für ihn wirklich Wichtige kommen will, obwohl er versucht, das zu verbergen.

»Spieletips, Komplettlösungen«, sagt Brauneiser betont lässig. »Das bieten Sie ja nicht nur in Ihrer Mailbox an, einer Ihren Clubmitglieder hat auch einen richtigen Service aufgemacht. Wie hieß er noch?« Er fischt einen Zettel aus seiner Jackentasche. »Ein Sebastian Gerner, so habe ich es mir aufgeschrieben.«

Die fünf schauen den Mann verblüfft und auch etwas mißtrauisch an.

»Habe ich irgend etwas Falsches gesagt?« fragt Brauneiser, und wieder kommt es Kathrin so vor, als ob der Mann ganz genau wüßte, warum im Raum betretenes Schweigen herrscht.

»Wenn Sie es wirklich nicht wissen sollten«, erwidert sie schleppend, »Sebastian ist gestern überfallen worden …«

»Um Himmels willen!« Brauneiser macht ein erschrockenes Gesicht. »Es ist ihm doch hoffentlich nichts passiert?«

»Es geht ihm gut, den Umständen entsprechend gut«, gibt Ulli zur Antwort. »Wie es einem halt so geht, wenn man überfallen, zusammengeschlagen und beraubt wird!«

»Weiß man denn, wer die Täter waren?«

»Nein«, erwidert Kathrin, »außer daß es saugemeine Schweinehunde sind. Einen Rollstuhlfahrer zu überfallen!«

»Das ist wirklich schlimm«, empört sich Brauneiser. »Und die Polizei hat noch keine Spur?«

»Leider nicht«, meint Ulli bekümmert.

»Aber es gibt natürlich zahlreiche Hinweise«, mischt sich Kathrin ein. Und weil sie einen ganz bestimmten Verdacht hat, fährt sie fort: »Wenn Sebastian einen der Täter sieht, wird er ihn sicher wiedererkennen!«

Die Reaktion auf diese Worte ist höchst unterschiedlich. Während ihre Freunde Kathrin verblüfft anstarren, ist für einen kurzen Moment ein Anflug von Erschrecken auf Brauneisers Gesicht zu erkennen. Dann hat er seine Miene wieder völlig in der Gewalt, nur sein linkes Augenlid zuckt hin und wieder nervös.

»Er würde die Täter also wiedererkennen?« fragt er nach.

»O je, da habe ich mich wieder einmal verplappert«, schauspielert Kathrin weiter, »das hätte ich niemandem sagen dürfen!«

»Aber vielleicht verstehen Sie«, meint Alexander, »daß wir im Moment wenig Zeit und auch nicht die Ruhe haben, Ihr Angebot zu diskutieren!«

»Das verstehe ich natürlich.« Brauneiser gibt sich wieder ganz verbindlich. »Ich wollte sowieso gerade gehen. Darf ich mich bei Gelegenheit wieder bei Ihnen melden oder Sie einfach anrufen? Oder Sie senden mir ein Mail. Auf der Rückseite meiner Visitenkarte finden Sie unsere Adresse und all unsere Nummern. Es hat mich sehr gefreut, Sie kennenzulernen!« Und so plötzlich, wie er gekommen ist, verschwindet der Mann von CSHAF wieder.

»Denkt ihr auch, was ich denke?« fragt Walter nach einer Weile.

Kathrin nickt. »Der Typ ist irgendwie nicht sauber. Obwohl ich das natürlich nicht beweisen kann. Aber schon, als er reinkam, hatte ich so ein komisches Gefühl!«

»Weibliche Intuition«, witzelt Michael.

»Quatsch nicht so blöd rum«, sagt Ulli. »Mir war am Anfang gar nicht klar, was der hier will. Erst hab ich gedacht, der wäre von der Polente und wollte sich mal umschauen hier. Aber als Kathrin dann erzählte, daß Sebastian sich an die Gesichter von den Gangstern erinnern kann, da ist ihm ja total das Gesicht entgleist!«

»Aber wie bist du überhaupt auf die Idee gekommen, ihm diese Geschichte zu erzählen?« erkundigt sich Alexander.

»Als er so urplötzlich auf Sebastian zu sprechen kam, da hab ich geschnallt, daß er irgendwas mit der Geschichte zu tun haben muß. Und dann sprach er plötzlich von den ›Tätern‹! So, als ob er wüßte, daß es mehrere waren und nicht nur einer! Und als er fragte, ob die Polizei denn schon Spuren habe, da war ich mir fast sicher! Und dann habe ich gehofft, er würde irgendwie falsch reagieren, wenn ich ihm vorlüge, Sebastian würde sich an die Gesichter erinnern.«

»Mit Erfolg«, pflichtet ihr Walter bei. »Da hast du ihn einfach kalt erwischt. So gut beherrschen kann sich eben keiner!«

»Na ja, der hat sich überhaupt komisch aufgeführt. So übertrieben freundlich«, meint Michael. »Ob der wirklich geglaubt hat, uns mit dieser Masche aushorchen zu können?«

»Es war nicht alles Masche«, meldet sich Alexander plötzlich, der schon wieder vor dem Bildschirm sitzt. »Ich sehe mir gerade das Telefonverzeichnis an. Da gibt es tatsächlich eine Computer-Service Help And Fun GmbH & Co KG, mit einem Manfred Brauneiser als Geschäftsführer. Entweder der Typ hat sich den Namen nur geliehen ...«

»Oder?« fragt Kathrin, als Alexander mitten im Satz aufhört.

»Oder er ist sich ziemlich sicher, daß man ihm nicht an den Karren fahren kann, daß man ihn nicht mit dem Verbrechen in Verbindung bringen kann. Aber jetzt sollten wir endlich das tun, weshalb wir hergekommen sind, und Sebastians Diskette untersuchen!«

Der Prof wendet sich wieder dem Monitor zu, auf dem gerade das Raumschiff Enterprise durch die sternenfunkelnde Galaxis fliegt. Nach einem Tastendruck weicht dieser Bildschirmschoner einem nüchternen Bild:

KEDD
(H)auptmenü
(D)iskettendiagnose
(A)llgemeine Lösungen
(E)nde Disk Doctor

Alexander drückt die D-Taste und klickt, als ein weiteres Menü erscheint, auf den Buchstaben a, der das Laufwerk bezeichnet, in dem Sebastians Diskette steckt.

Lesefehler von Laufwerk a:
(A)bbrechen, **(U)**ebergehen, **(W)**iederholen

»So weit war ich gestern abend auch schon«, erklärt er. »Aber wir wollen mal sehen, ob unser guter KEDD nicht doch weiter weiß!«

»KEDD?« fragt Walter.

»Kellers Enhanced Disc Doctor«, erklärt Alexander.

»Du meinst, das ist eines von Computer-Eriks sagenhaften Tools?« staunt Kathrin. Sie meint damit Hauptkommissar Erik Keller, den Leiter der Dienststelle Computerkriminalität. Er könne, so geht das Gerücht in der Szene, auf jeder Festplatte oder Diskette jedes noch so gut versteckte Bit Information aufspüren. »Und das hat er dir einfach so mitgegeben?« will sie von Alexander wissen, der seit dem Fall Octopus immer wieder gelegentlich für Keller arbeitet, als freischaffender Hacker sozusagen.

»Na ja, ich habe mir das Programm sozusagen ausgeliehen. Ist ja auch für einen guten Zweck«, erwidert Alexander mit einem schiefen Grinsen. »Das Tolle ist, daß man damit defekte Disketten Spur für Spur untersuchen kann …«

Auf dem Bildschirm erscheinen nun in rasender Geschwindigkeit Zahlenkolonnen, die anzeigen, welcher Bereich der Diskette untersucht wird. Nach einer halben Minute ist die 5000er Marke überschritten, und als wenig später die 10 000 erreicht wird, zeichnet sich die erste Enttäuschung auf den Gesichtern der fünf Freunde ab. Dann aber stoppt das Zählwerk, Kathrin liest auf dem Monitor:

```
Cluster 11257 enthält Daten
(W)iederherstellen? (A)bbruch?
```

Selbstverständlich drückt Alexander das W am Keyboard, und nach wenigen Sekunden erscheinen seltsame Zahlenkolonnen.

```
0010: CC 81 21 33 78 58 82 D4 A2 DD 16 34 12 70 41 @
# ¬ ¬ | _|| ~ \
0020: 14 26 11 C3 87 17 24 DD 45 11 23 78 34 E1 23 ] } {
J ~ ] } @
0030: 66 15 5F 47 13 23 11 34 A5 23 24 47 CC 23 24 # |
@ \ ] ~ @ @
```

»So ein Mist«, entfährt es Kathrin, »das sind wohl irgendwelche Savegames.« Jeder der fünf kennt solche Kolonnen, in denen die Spieleprogrammierer wichtige Daten über das jeweilige Spiel und den Spielstand gespeichert haben. Etwa wie stark und wie geschickt ein Kämpfer in einem von Kathrins Rollenspielen ist, oder wieviel Munition und welche Waffen in einem von Ullis Actionspielen vorhanden sind, oder wieviel Geld Alexander als Bürgermeister einer Simulations-City hat. Das Schöne daran ist, daß man mit ein bißchen Geschick bestimmte Zahlen in so einer Datei verändern kann – und wenn man die richtige Stelle herauskriegt, dann verfügt man plötzlich über riesenstarke Kämpfer, Superwaffen oder fast unbeschränkt viel Geld. Doch in der Sache, um die es jetzt geht, hilft das natürlich nicht weiter, und so ziehen die Freunde lange Gesichter.

»Wahrscheinlich waren auf dieser Diskette sowieso nur ein paar Spielstände, an denen Sebastian herumeditiert hat«, mutmaßt Ulli. »Und das nützt uns kein bißchen.«

Alexander zuckt mit den Achseln und läßt KEDD ohne viel Hoffnung weitersuchen. Als sich Kathrin schon enttäuscht abwenden will, stoppt das Programm noch einmal.

Cluster 13 237 – 13 505 enthält Daten
Kreuzverbundene Dateien gefunden
Dateien enthalten physikalische Lesefehler
(W)iederherstellen? (A)bbruch?

Kathrin beugt sich vor und drückt die W-Taste.

Daten können bei der Wiederherstellung zerstört werden.
Erstelle Sicherheitskopien der Cluster als SIK 13237.KDD

– SIK 13505.KDD im Verzeichnis C:
(W)eiter? (A)bbruch?

»Diesmal scheint es etwas mehr zu sein als vorhin«, murmelt Alexander und klickt das »Weiter« an.

»Und anscheinend gehört alles irgendwie zusammen«, hofft Kathrin. »Vielleicht eine automatische Routine, mit der Sebastian all seine Online-Gespräche protokolliert!«

»Na, das wäre ja wirklich wie ein Sechser im Lotto«, dämpft Walter ihre Begeisterung.

»Was ist denn das?« stöhnt Ulli, als auf dem Bildschirm ein Wirrwarr von Zeichen erscheint, die blitzschnell von oben nach unten wandern. Als Alexander das Marschieren der Zeichenkolonnen mit einen Druck auf die Break-Taste unterbricht, schauen sich die fünf erst einmal ratlos an.

»So etwas habe ich noch nie gesehen«, meint Kathrin nach einer Weile. »Ein Spielprogramm ist das jedenfalls nicht!«

»Und auch keine Textverarbeitung oder eine Datenbank«, ergänzt Michael. »Da sind Zeichen dabei, die habe ich noch nie gebraucht!«

»Ob Sebastian da irgend etwas verschlüsselt hat?« rätselt Alexander.

»Kaum«, fällt ihm Kathrin ins Wort, »warum sollte er auf einer kleinen Diskette etwas verschlüsseln?«

»Ich glaub, ich hab's«, läßt sich da Walter vernehmen und geht zu einem Wandregal, wo mehrere Regale mit CDs stehen. Nach kurzem Suchen zieht er eine heraus und hält sie den anderen triumphierend vor die Nase.

PC-3D-TRÄUME
STEREOGRAMME SELBST GESTALTEN

»Das ist eine CD mit Stereogramm-Generatoren«, erklärt er den anderen. »Ich habe mir die Programme mal mit einem Hex-Editor angesehen, die schauen ganz genauso aus wie das Zeugs auf dem Monitor. Und ich weiß, daß Sebastian sich vor ein paar Wochen diese CD ausgeliehen hat!«

»Wär ja toll«, meint Alexander und macht Walter Platz. Der öffnet das CD-ROM-Laufwerk und legt die Silberscheibe ein. Seine Finger huschen über das Keyboard.

»Ich muß das Programm erst auf der Harddisk installieren«, erklärt er. »Geht aber ziemlich schnell! Mal schauen, ob wir damit was finden.« Walter klickt das Diskettenlaufwerk an.

THOR.BMP
Datei öffnen?

»Thor, was soll das sein?« murmelt Kathrin leise vor sich hin. »Der große Blonde aus den Marvel-Comics?« Dann aber starrt auch sie auf den Bildschirm, der einen sternenfunkelnden Nachthimmel zeigt. Plötzlich verblassen in der Mitte immer mehr Sterne, in der entstandenen Schwärze beginnt etwas zu blinken. Kathrin hält es zunächst für eine sich nähernde Sternschnuppe. Ein Schwert, denkt sie, schüttelt dann aber den Kopf, als der längliche Gegenstand immer näher kommt und sich in der Mitte des Monitors dreht. Von allen Seiten sieht sie einen silbrig glänzenden Wurfhammer, dessen Stiel mit Leder umwickelt ist. Während sie noch fasziniert auf das detailgetreue Stereogramm schaut, erscheint plötzlich eine dunkle Gestalt. Sie reckt den rechten Arm weit nach vorne, streckt die flache Hand gegen den Himmel und greift dann nach dem Hammer, den sie triumphierend schwenkt. Dann verblaßt das Bild, an seine Stelle treten vier riesige Buchstaben:

THOR

Gleich darauf ist der Bildschirm wieder dunkel. Schweigend drückt Walter eine Taste. Noch einmal der Sternenhimmel, der Hammer und die dunkle Gestalt! Irgendwie jagt Kathrin dieses Bild Angst ein. Dabei kenne ich doch genug Games mit Horrorszenarios! Aber, fährt es ihr durch den Kopf, das hier hat irgendwas mit Sebastian zu tun. Das ist vielleicht gar kein Spiel!

»Ich habe selten ein so gutes Stereogramm gesehen. Da waren Profis am Werk«, bricht Walter schließlich das beklemmende Schweigen. Dann schüttelt er den Kopf. »Aber ehrlich, mir läuft es kalt den Rücken hinunter, wenn ich das ansehe!«

»Sollte das ein Hitlergruß sein, was der Bursche da machte, bevor er den Hammer nahm? Eine Werbung für rechte Typen?« fragt Alexander.

»Könnte sein!« Kathrin zuckt mit den Achseln. »Da würde Thors Hammer schon dazu passen. Fehlt nur noch ein bißchen Sound vom alten Wagner!«

»Na halt mal, auf Richi steh ich«, mischt sich Ulli ein. »Aber das sieht echt wie ein Spot für irgendwelche Faschos aus. Nur müssen die dafür einen Topdesigner engagiert haben!«

»Und wir haben natürlich überhaupt keine Ahnung, ob das alles wirklich mit dem Überfall auf Sebi zusammenhängt«, meint Walter. »Vielleicht hat er diese Datei aus irgendeiner Mailbox in den Staaten oder Australien geladen. Wenn er sich nur erinnern könnte!«

»Rufen wir ihn doch an«, schlägt Kathrin vor. »Vielleicht fällt ihm etwas ein, wenn wir ihm von diesem dreidimensionalen Bild erzählen und von Thor!«

Sie geht zum Telephon und wählt die Nummer des Krankenhauses. Aber sie erwischt nur die Stationsschwester, Sebastian ist gerade nicht in seinem Zimmer, sondern bei der Computertomographie.

»Komm doch am frühen Nachmittag«, sagt Schwester Elisabeth, die Kathrin schon lange kennt. »Dann ist er sicher zurück und hat auch schon zu Mittag gegessen! Er freut sich bestimmt über jeden Besuch!«

Und so verabreden sich die fünf vom Computerclub für vierzehn Uhr am Eingang des Krankenhauses. Während Ulli, Michael und der Prof sich mit den verschiedensten Ausreden vor dem Großreinemachen drücken, holen Kathrin und Walter Eimer, Besen und Handfeger sowie einen riesigen Papierkorb und beginnen, zu wischen und zu putzen und etwas System in das Chaos des Clubraums zu bringen. Nach einer guten Stunde stellt Walter den Besen in die Ecke, wischt sich den Schweiß von der Stirn und sieht Kathrin treuherzig an.

»Ehrlich, mich ödet die Putzerei langsam ziemlich an«, meint er. »Außerdem finde ich, wir haben schon einiges geschafft. Hören wir doch für heute auf, den Rest sollen die anderen machen! Ich hole uns ein paar Hamburger, und du gibst das Putzzeug beim Hausmeister ab! Und dann machen wir irgendein Spielchen, bis wir zu Sebastian gehen!«

Und so sitzen die beiden eine gute Viertelstunde später wieder vor dem Monitor. Walter grinst etwas säuerlich, als er sich als Gaukler in Kathrins Abenteurergruppe wiederfindet. Aber bald sind die beiden ganz in die Spielwelt abgetaucht und sind froh, daß die Rote Sonja und ihre Gefährten nun doch einmal ein paar Erfolge zu verzeichnen haben. Endlich finden sie nämlich einen Hinweis auf den geheimnisvollen Bannstrahlerorden, und gegen einige Dukaten erhalten sie sogar einen Namen: Deregorn, der im Haus neben dem Praios-Tempel auf dem Marktplatz wohnt, soll etwas wissen. Doch als sie den Mann sprechen wollen, werden sie brüsk abgewiesen. Aber die Rote Sonja gibt nicht so schnell auf. Der fingerfertige Walter öffnet die Tür, und sie überraschen eine Gruppe fanatischer Sektenanhänger. Ein harter Kampf entbrennt ...

Gashok, 26. Praios, 18 n. H.
Unsere Gruppe wächst langsam zusammen. Obwohl wir im Haus des Deregorn einer Übermacht gegenüberstanden, haben wir sie eigentlich sehr schnell besiegt. Alexander belegte ihren Anführer mit einem Schlafzauber, Ulli, der Wikinger, und der Zwerg Michael sowie unser neuer Krieger Peter stürmten nach vorn, während Walter aus dem Hinterhalt seine Messer schleuderte und ich dort, wo es nötig war, mit einem Heilzauber eingriff. Nachdem wir alle in die Flucht geschlagen hatten, fanden wir ein Dokument, das bewies, daß Deregorn die Stadtbevölkerung systematisch gegen die Elfen aufgehetzt hatte und auch hinter dem Anschlag auf Artherions Mühle steckte.

Die Rote Sonja schließt ihr Tagebuch, löscht die Kerze und kriecht in ihren Schlafsack. Mitten in der Nacht wacht sie auf. Ein schauriges Wolfsheulen ertönt, eine Scheibe klirrt. Im fahlen Mondlicht, das durch das Fenster hereinscheint, sieht sie die Silhouette eines Mannes. Alexander, Peter und die anderen, die den Lärm auch gehört haben, stürmen mit gezogenen Waffen in ihr Zimmer. Der Eindringling hebt abwehrend beide Hände.

»Phex zum Gruße, tapfere Recken!« sagt er. »Laßt eure

Waffen, wo sie sind. Ich möchte Euch ein Geschäft vorschlagen. Sternenschweif, die Wurfaxt, wurde aus dem Tempel des Gottes der Diebe gestohlen. Es heißt, daß sie sich jetzt in einer Orkenfeste befindet und von seltsamen Orks bewacht wird. Beschafft mir diese Waffe und es soll Euer Schaden nicht sein!«

Kathrin hat das Gefühl, nun langsam zum Kern des Spiels vorzudringen, und speichert zufrieden ab. Zusammen mit Walter macht sie sich auf den Weg ins Krankenhaus.

»Es geht mir wirklich schon wieder ganz gut. Und bei der Computertomographie haben sie auch nichts gefunden, hat der Arzt gesagt!« erzählt Sebastian. Ein bißchen blaß ist er zwar noch, aber er sitzt bereits wieder in seinem Rollstuhl. »Das einzige, was mir fehlt«, versucht er zu scherzen, »ist ein fetziges Game. Aber dazu habe ich hier natürlich nicht das nötige ...« Er unterbricht sich mitten im Satz und verzieht sein Gesicht zu einem gequälten Grinsen. »Ist wirklich mein ganzes Equipment im Eimer? Tower, Harddisk, auch das Modem?«

»Ich glaub nicht, daß man noch irgend etwas davon gebrauchen kann«, erwidert Kathrin. »Aber genau weiß ich es nicht. Als wir reinkamen, haben wir natürlich nach dir geschaut und uns nicht groß darum gekümmert, was von deiner Anlage noch okay ist. Bis auf Alexander ...« Sie blickt den Prof fragend an.

»Kann dir auch wenig Hoffnung machen«, brummt der. »Aber ich habe wenigstens eine 3 1/2 Zoll-Diskette im Laufwerk gefunden, das hat dir Walter ja anscheinend schon erzählt. Allerdings war auch sie schon zum Teil beschädigt. Sie klebte richtig, vermutlich haben die Kerle Wasser oder irgendein Gesöff über den Tower gekippt!«

»Zum Teil?« wiederholt Sebastian. »Ihr habt also noch etwas gefunden?«

»Verdammt wenig«, mischt sich Ulli ein, »ein paar Dateifetzen, die aber vermutlich zu irgendwelchen Spielen gehören. Abgespeicherte Sicherheitsspielstände, meint zumindest Kathrin!«

Die nickt und zieht ein bedrucktes Blatt Papier aus ihrem Rucksack. »Eine Datei konnten wir aber vollständig restaurieren. Da war allerdings nur ein dreidimensionales Bild drauf, wir haben dir einen Print davon gemacht. Auf dem Monitor sieht das noch viel stärker aus. Erinnerst du dich, oder sagt dir der Name Thor etwas?«

Sebastian starrt auf das Bild. »Ein Hammer, Thors Hammer«, murmelt er vor sich hin. Für einen Moment schließt er die Augen, beißt sich auf die Lippen und versucht krampfhaft, sich zu erinnern. Er schüttelt den Kopf und wischt mit dem Handrücken ein paar Tränen weg, die ihm die Wut über die vergebliche Anstrengung in die Augen getrieben hat. »Verdammter Mist«, sagt er schließlich, »ich weiß wirklich nicht, wie das Zeug auf meine Diskette kommt. Vielleicht ist es ja nur die Illu von irgendeinem neuen Rollenspiel oder Adventure, in dem die ollen nordischen Götter eine Rolle spielen. Ist in der Richtung irgendwas angekündigt, Kathrin?« Als sie den Kopf schüttelt, meint er traurig: »Es ist schon blöde, daß ich überhaupt nicht helfen kann, diese Mistkerle zu finden.«

»Das hast du aber schon«, sagt Kathrin, nachdem sie eine Weile nachgedacht hat. Die anderen sehen sie fragend an. »Wenn du wirklich das, was mit dem Überfall in Beziehung steht, vergessen hast, dich aber an alles andere noch erinnern kannst ...« meint sie und reibt sich mit dem Zeigefinger über den Nasenrücken, »... dann hängen dieser Hammer und dieser Name irgendwie mit dem Ganzen zusammen. Das heißt also, wir müssen dieser Spur, die wir durch die Diskette bekommen haben, nachgehen ...«

»Was für eine Diskette?« meldet sich da eine tiefe Stimme aus dem Hintergrund. Erschrocken drehen sich Kathrin und ihre Freunde um. Sie haben überhaupt nicht bemerkt, daß ein untersetzter, betont korrekt gekleideter Mann das Krankenzimmer betreten hat.

»Computer-Erik!« entfährt es Ulli. Sofort schaut er schuldbewußt auf den Boden, denn wie die anderen weiß auch er, daß Erik Keller diesen Spitznamen überhaupt nicht liebt.

Aber der Hauptkommissar achtet gar nicht auf diesen Einwurf. »Welche Diskette?« fragt er noch einmal. »Ihr habt doch nicht etwa irgendwelches Material aus dem Zimmer von Sebastian Gerner entfernt, bevor meine Kollegen kamen?«

»Nein, nicht unbedingt ...« stotterte Alexander.

Wir geben das lieber gleich zu, denkt Kathrin, sonst wird Computer-Erik noch völlig sauer. Das gute Verhältnis des CHAOS-Computerclubs zu dem Polizisten, das seit dem Fall Rote Sonja gegen Octopus besteht, soll nicht allzusehr belastet werden. Und so versucht sie, ein möglichst unschuldiges und entwaffnendes Lächeln aufzusetzen.

»Nur eine winzige Diskette haben wir mitgenommen«, sagt sie, »und Alex hat sich im ersten Moment auch nichts dabei gedacht und vergessen, es zu sagen. Als er sich dann wieder daran erinnert hat, haben wir ihn überredet, sie erst einmal anzuschauen, bevor wir sie zu Ihnen bringen.«

»Spielt doch nicht die Unschuldsengel«, erwidert Keller wütend. »Ihr wißt haargenau, daß ihr mögliches Beweismaterial nicht unterschlagen dürft. Man könnte euch dafür sogar strafrechtlich belangen. Und daß daran auch noch jemand beteiligt ist, der gelegentlich für meine Abteilung arbeitet, ist schon ziemlich peinlich.«

»Dann sollten wir's vielleicht gar nicht erst an die große Glocke hängen«, schlägt Kathrin diplomatisch vor.

Der Kommissar zupft an seiner Krawatte. »Wird uns wohl nichts anderes übrigbleiben«, brummt er. »Ich werde es den Kollegen möglichst schonend beibringen, aber die Wahrheit muß ich ihnen doch sagen. Rainer, ich meine

Kommissar Werner, will euch sowieso noch sprechen. Heute abend um neunzehn Uhr in eurem Club, das war sein Vorschlag. Und da solltet ihr dann pünktlich und zuverlässig erscheinen, das ist das Mindeste! In Ordnung?«

Als die fünf vom CHAOS-Computerclub nicken, wird Kellers Miene wieder freundlicher. Es scheint sogar eine Spur von Neugier über sein Gesicht zu huschen. »Und? Habt ihr was gefunden?«

Als Sebastian ihm das Blatt reicht, zuckt der Kommissar mit den Achseln. »Das kommt mir irgendwie bekannt vor, aber ich kann es nicht recht einordnen. Ich hatte da in letzter Zeit etwas auf meinem Schreibtisch! Waren das Bild und dieser Hammer wirklich alles?«

Nachdem Kathrin und Alexander ihm das hoch und heilig versichert haben, schildern sie ihm ausführlich die beunruhigende Bilderfolge, die sie entdeckt haben.

»Gib mir die Diskette, Alexander«, meint Keller schließlich. »Ich muß mir das sofort selbst ansehen. Und wenn es sich wirklich um das handelt, was ich jetzt vermute, dann sind wir an eine böse Sache geraten.«

»An was denn?« will Michael wissen.

»An etwas, wo ihr euch unbedingt raushalten solltet. Aber ich will, ja ich darf keine vorschnellen Schlüsse ziehen, sonst hätte ich meinen Beruf verfehlt!«

Und auch als Kathrin nachhakt, läßt sich der Kommissar zu keinen weiteren Aussagen mehr verleiten.

»Also, um sieben in eurem Lokal. Vielleicht nehme ich noch einen zweiten Kollegen mit. Ich habe auch Sebastians Bruder gebeten, zu kommen!«

Am späten Nachmittag sitzt Kathrin schon wieder vor dem Bildschirm im Club und läßt die Rote Sonja in ihr Tagebuch schreiben:

Unterwegs, 11. Efferd, 18. n. H.
Wir haben heute eine Höhle im Finsterkamm betreten. Kurz danach wurde der Eingang durch einen Felssturz verschüttet. Nach einem beschwerlichen Aufstieg durch einen Schacht fanden wir ein verlassenes Bergwerk. Ob das die gesuchte Zwergenbinge ist, wo der Salamanderstein verborgen ist?

»In dieser Richtung haben wir noch nicht gesucht«, murmelt die Rote Sonja und geht ihren Gefährten vorsichtig voran. Alexanders magisch aufgeladener Zauberstab versetzt den alten Stollen in ein gespenstisches Licht. Bis auf Michael müssen sich alle immer wieder bücken, denn die Gänge sind für Zwerge gemacht worden.

Plötzlich zieht Walter die Rote Sonja an der Schulter zurück und deutet auf ein rundes Loch. »Eine Bolzenfalle«, wispert er, »ich werde versuchen, sie zu entschärfen!« Er holt ein Brecheisen aus seinem Rucksack, wirft es vor der Gruppe auf den Boden, und schon zischen aus der Öffnung kleine, gefiederte Pfeile und prallen auf die gegenüberliegende Wand, ohne jemanden zu treffen.

Erleichtert geht die Rote Sonja weiter, bis sie zu einer Tür kommt. Zu ihrer Überraschung läßt sie sich ohne Schwierigkeiten öffnen. Ist das eine Falle? Aber es bleibt ihnen nichts anderes übrig, als hineinzugehen, denn sie müssen jeden Raum untersuchen, um keinen Hinweis auf den Salamanderstein zu verpassen. Kaum hat Ulli, der als letzter geht, die Höhle betreten, verschließt eine Wand den Eingang. Alle Versuche, die Wand wieder hochzuschieben, scheitern. Die Rote Sonja und ihre Freunde sind gefangen.

Da entdeckt Walter an einer der Wände eine Platte und dahinter einen merkwürdigen, komplizierten Mechanismus. Ratlos starrt er auf das Gewirr von Zahnrädern, Ketten und Gestänge.

»Von Technik versteht ihr Menschen nichts«, brummt der Zwerg Michael und schiebt Walter beiseite. Er schnüffelt und reibt sich die klobige Nase, dann greift er in seinen Rucksack und holt eine Kurbel heraus, die sie vor wenigen Stunden gefunden haben. Gut, daß Michael alles mitnimmt, was ihm unter die Finger kommt, denkt die Rote Sonja.

»Beeil dich«, schreit der Zauberer Alexander plötzlich, »hört ihr nicht das Zischen?« Aus einer Öffnung in der Decke kommen grünliche Rauchschwaden, die Luft wird immer stickiger.

»Mist, die Kurbel dreht leer«, hört Sonja nun auch Michael fluchen. Sind sie wirklich verloren? Aber da kramt der Zwerg wieder in seinen Siebensachen und zieht eine Kette hervor, gibt noch etwas Schmieröl dazu und beginnt wieder zu drehen. Langsam, ganz langsam hebt sich die Steinwand am anderen Ende der Höhle, und die Rote Sonja spürt frische Luft. Rasch verlassen sie die Falle und gelangen in ein prächtig eingerichtetes Zimmer, das offenbar noch bewohnt wird. Trotzdem können es Michael und Walter nicht lassen, in den Truhen und Schränken zu kramen, zumal der Besitzer nicht da zu sein scheint.

»Das finde ich aber gar nicht höflich«, läßt sich da ein piepsiges Stimmchen vernehmen, »normalerweise bringen meine Gäste Geschenke mit.« Ein kleiner Kobold steht vor ihnen und streckt verlangend eine Hand aus. Die Rote Sonja weiß aus Erfahrung, daß mit solch kleinen zauberkundigen Wesen nicht zu spaßen ist, also gibt sie ihm eine Halskette.

»Na ja, da habe ich schon Besseres gesehen«, murrt der Wicht. »Aber wenn ihr hier herauskommen wollt, müßt ihr ein Rätsel lösen. Was Geistesriesen wie euch nicht schwerfallen sollte!«

Und wie von Zauberhand erscheint eine Schrift mitten im Raum: »Er trägt eine Krone und ist doch kein König, man kann auf ihm reiten, doch keiner tut es.«

Also, da hätte er sich aber auch etwas Besseres einfallen lassen können, denkt die Rote Sonja insgeheim, das ist ja kinderleicht. Eine Weile lang tut sie so, als ob sie angestrengt überlegt, dann stößt sie das Wort »Elch« hervor.

»War ja auch einfach«, sagt der Kobold und gibt Sonja einen Schlüssel. Sofort danach verschwimmt der Raum vor ihren Augen, und sie findet sich mutterseelenallein in einem finsteren Stollengang wieder.

Unterwegs, 20. Efferd, 18. n. H.
Der verflixte Kobold hatte jeden von uns an einem anderen Ort abgesetzt. Praios sei Dank aber im gleichen Stockwerk, so daß wir uns schnell wiederfanden. Nachdem wir uns gestärkt hatten, suchten wir weiter.
Wir fanden in der Binge ein Skelett, das einige Pergamente bei sich hatte. Der Text war leider nur noch teilweise erhalten:
»... steinerne Münze haben, stehen wir vor einem weiteren Rätsel ... Eingang zur Schmiede des Ingerimm ... gefangen ... wie sollen wir das Portal öffnen ... Es scheint nicht ratsam zu sein, den Schmiedegott in seinem eigenen Reich zu erzürnen.

Aber noch legen sich die Rote Sonja und ihre Gefährten nicht zur Ruhe, sie wollen erst ein wenig mehr von der Zwergenmine erforschen. Nicht nur aus Neugier, nein, langsam gehen auch die Vorräte zur Neige. Wieder einmal stehen sie vor einer verschlossenen Tür. Walter, der Gaukler, versucht sie mit seinen Dietrichen zu öffnen, scheitert aber. Der Ritter Peter drängt sich vor und rennt gegen das Hindernis, prellt sich aber nur die Schulter. Lächelnd spricht Alexander, der Magier, den Zauberspruch »Foramen Foraminor«, und lautlos schwingt die Tür auf. Im Schein der Fackeln untersucht die Rote Sonja die dahinterliegende Höhle. Sie ist leer, fast zu leer. Bis auf einen rostigen Hebel, der herausfordernd an einer Seitenwand prangt. Natürlich können die Helden der Versuchung nicht widerstehen, der übermütige Wikinger zieht an dem Hebel, und sofort gibt der Boden unter der Gruppe nach, sie landet in einer Fallgrube.

»Mist«, flucht Kathrin leise vor sich hin, als sich auf dem Monitor der Kampfbildschirm aufbaut. Vier Zwerge nähern sich ihren Helden. Jemand tippt ihr auf die Schulter, sie dreht sich um.

»Hallo, störe ich?« fragt Peter Gerner.

»Nur noch einen Moment«, erwidert Kathrin und läßt die Rote Sonja ihre Gegner mit einem Blitz blenden. Dann schickt sie den Wikinger, den Zwerg und den Ritter mit gezückten Waffen vor, der Gaukler schießt seine Wurfmesser aus dem Hintergrund, und der Magier zaubert einen Ignifaxius Flammenstrahl auf den Angreifer, der ihm am nächsten steht. So ist der Kampf nach kurzem vorbei.

Mit einem Mausklick speichert Kathrin ab und beendet das Spiel. Sie streckt sich und dreht sich dann zu Peter um, der ihr amüsiert zugesehen hat.

»Sorry, aber ich wollte erst diesen Kampf beenden. Sonst hätte ich bei der Stelle wieder anfangen müssen, an der ich vor einer halben Stunde zuletzt abgespeichert habe.«

»Du wirst dich wundern, ich bin das von Sebastian

gewohnt. Den können wir dreimal zum Essen rufen ...« erzählt Peter, grinst ein wenig und macht dann die Stimme seines Bruders nach: »Ich komme sofort. Muß nur noch einen Zug machen, ist gerade wahnsinnig spannend!«

»Wir Computerspieler sind schon eine eigene Rasse«, erwidert Kathrin und lacht auch. »Und ihr Normalmenschen müßt schon manchmal sehr unter uns leiden.«

»Schlimm wird's erst, wenn ihr euch mit der normalen Welt nicht mehr beschäftigt!« Peter wird wieder ernst und senkt seine Stimme, damit die anderen Clubmitglieder, die sich inzwischen auch eingefunden haben, nicht mithören können. »Ich muß unbedingt mit dir reden. Ich habe etwas von Sebastian gefunden, was uns weiterhelfen könnte.«

»Was?«

»Ich erkläre dir gern alles, aber nicht vor den anderen. Es ist nämlich ein wenig heikel, weil ...«

»Dann laß uns lieber später reden«, unterbricht ihn Kathrin. Denn in diesem Moment betritt Kommissar Keller zusammen mit zwei anderen Männern den Clubraum. Er grüßt knapp und stellt dann die beiden anderen vor.

»Hauptkommissar Rainer Werner kennen einige von euch ja schon. Er hat in unserem Fall die Federführung«, sagt er. Dann deutet er auf einen stämmigen, etwa vierzigjährigen Mann in Jeans: »Und das hier ist Theo Fincke vom Verfassungsschutz.«

Während Kathrin und ihre Freunde vom Computerclub verdutzt schweigen, platzt Peter heraus: »Verfassungsschutz! Was will denn so ein Gesinnungsschnüffler hier?«

»So nicht, Herr Gerner«, erwidert Kommissar Werner, »auch Sie müssen begreifen lernen, daß wir hier alle an einem Strick ziehen. Und das schließt meinen Kollegen ...«

»Laß nur, Rainer«, unterbricht ihn der Verfassungsschützer, »ich bin das gewohnt, gerade bei einem von der Gewerkschaftsjugend ...«

»Aha, so ist das also.« Peters Augen funkeln zornig. »Der Herr hat sich schon über mich erkundigt. Wie dick ist denn meine Akte bei Ihrer sauberen Organisation?«

»Ich habe in der Tat nachgeschaut, ob irgend jemand von Ihnen bei uns registriert ist. Gehört zu meinen Hausaufgaben. War aber Fehlanzeige. Was Sie mir natürlich nicht glauben werden.« Fincke nimmt seine Brille ab und putzt sie umständlich mit einem benutzten Taschentuch. »Sie werden mir natürlich auch nicht glauben, daß ich früher selbst demonstriert habe und einmal sogar ein Verfahren wegen Widerstand gegen die Staatsgewalt hatte. Wie Sie, Herr Gerner!«

»Dann haben Sie also doch Unterlagen über mich«, gibt Peter zurück.

»Nein, aber einen Computereintrag. Weil eben jeder Fall, der zu einer Verurteilung – in Ihrem Fall zu einem Bußgeld – geführt hat, bei uns im Computer ist«, mischt sich Kommissar Keller ein. »Bis zu dem Zeitpunkt, an dem wir verpflichtet sind, den Eintrag zu löschen. Aber Ihr Vergehen war ja erst vor einem Vierteljahr!«

»Vergehen!« faucht Peter, »das war eine politische Notwendigkeit ...«

»Könnte uns vielleicht irgend jemand darüber aufklären, worum es hier überhaupt geht?« unterbricht Kathrin den Streit.

»Ende Juli fand eine Veranstaltung von einem sogenannten ›Verein zur Aufdeckung von Geschichtslügen‹ statt. Das ist so ein Faschoklüngel. Und die hatten einen Typen aus England eingeladen, der behauptete, die Ermordung von Millionen Juden in Auschwitz und anderswo habe gar nicht stattgefunden. Wir von der Gewerkschaftsjugend haben zusammen mit ein paar anderen fortschrittlichen Organisationen natürlich dagegen protestiert. Aber ...« Peter blickt die drei Polizisten bitterböse an, »... unsere Behörden haben die Veranstaltung erlaubt und sogar die Polizei aufgeboten, um sie zu schützen!«

»Ganz so war es nicht!« Theo Fincke, so kommt es Kathrin vor, blickt fast traurig in die Runde, seine Stimme klingt resigniert. »Die Stadt wollte die Veranstaltung eigentlich verbieten, aber diese Vereinigung – es ist in der Tat eine rechtsextremistische Tarnorganisation – erreichte bei Gericht eine provisorische Aufhebung dieses Verbots. Der Staatsanwalt hat übrigens auf Grund dieser Veranstaltung eine Anklage wegen Volksverhetzung gegen diese Leute eingeleitet ...«

»All das ändert aber nichts daran«, meldet sich Peter wieder zu Wort, »daß die Veranstaltung stattfand und diese Typen ihr Gift verspritzen konnten!«

»Das ist nun mal der Rechtsstaat! Mir ist auch nicht jedes Urteil recht, das schon gar nicht! Aber wo kommen wir denn hin, wenn wir das nicht akzeptieren?«

So langsam fährt dieser Verfassungsschützer aus der Haut, denkt Kathrin, Peter setzt ihm aber auch ganz schön zu. Sie hat gar nicht gewußt, daß Sebastians Bruder so politisch ist!

»Aber daß dann die Polizei mit einem Großaufgebot kommt und die Faschos schützt, das finden Sie dann wieder richtig?«

»Wir schützen nicht die Rechtsextremen, sondern wir versuchen Auseinandersetzungen zu verhindern. Und Sie haben vorhin so leichthin von ›fortschrittlichen‹ Organisationen geredet, Herr Gerner!« Theo Fincke ist rot angelaufen: »Da waren auch Autonome darunter, mit Molotowcocktails und Eisenstangen!«

»Daß die Gewerkschaftsjugend so etwas ablehnt, wissen Sie genau. Aber ganz kann man das natürlich nie verhindern. Sollten wir deshalb auf unsere Demonstration verzichten? Wir haben uns nur vor die Gaststätte auf den Gehsteig gesetzt ...«

»Schluß jetzt, bitte«, mischt sich Kommissar Werner ein. »Ich glaube kaum, daß diese Diskussion zu einem vernünftigen Ergebnis führt. Aber vielleicht können wir uns darauf verständigen, daß wir jetzt alle an einem Strick ziehen müssen. Denn es könnte sein – vor allem Kollege Fincke glaubt das –, daß der Überfall auf Sebastian Gerner einen rechtsradikalen Hintergrund hat.«

Eigentlich hat Kathrin das schon vermutet, als sie das Bild mit Thors Hammer entdeckten. Aber jetzt ist sie trotzdem erschrocken. Bisher hat sie mit Rechtsradikalen noch nie etwas zu tun gehabt, sonderlich interessiert hat sie dieses Thema auch nicht. Und den paar Skins, die es in ihrer Schule gibt, ist sie immer aus dem Weg gegangen. Schließlich fragt sie: »Rechtsradikale? Aber was soll Sebastian mit Rechtsradikalen zu tun haben?«

»Wenn wir das wüßten!« stößt Kommissar Werner hervor. »Ich muß auch ehrlich sagen, daß das nicht die einzige Spur ist, der wir nachgehen ...«

»Was für Spuren gibt es denn sonst noch?« fragt Kathrin nach.

»Na ja, es könnte auch sein«, sagt nun Erik Keller, »daß Sebastian irgend jemand aus der Szene auf die Füße getreten ist. Einem Modemtrader oder Phreaker, der gerade irgendein ganz heißes Ding dreht.«

»Das ist aber eher unwahrscheinlich«, kommentiert Alexander. »Selbst wenn irgendein Freak heiße Nummern von amerikanischen Calling Cards verschiebt, dann bricht der doch nicht bei Sebastian ein und schlägt ihn halbtot. Es gibt zwar ziemlich üble Typen in der Szene, aber so was war eigentlich noch nicht da!«

»Eben«, ergreift nun wieder Theo Fincke das Wort. »So viel Brutalität deutet eher auf die rechtsradikale Szene hin. Und seit ich von der Diskette gehört habe, die ihr gefunden habt, bin ich mir eigentlich ziemlich sicher ...«

»Aber das Stereogramm, das war die Arbeit eines Könners«, gibt Walter zu bedenken. »Wenn ich gelegentlich mal irgendwelche Nazisoftware gesehen habe, dann waren das so Strichmännchenspiele wie ›Ariertest‹ oder ›KZ-Manager‹.«

Kathrin nickt. »Diese Rechten sind doch meistens ganz primitive Kerle, die nur schlägern können!«

»Also, ganz so einfach ist es nicht, leider nicht!« Der Verfassungsschützer schafft sich wieder Gehör. »Die rechtsradikale Szene ist ein ziemliches Wirrwarr und schwer zu durchschauen. Wenn Sie von primitiv und gewalttätig sprechen«, wendet er sich an Kathrin, »dann meinen Sie vor allem die Skinheads. Die jagen nicht nur mir vom ersten Ansehen die meiste Angst ein. Aber schon da müssen wir differenzieren. Nicht alle Skins sind regelrechte Rechtsextreme. Manche von ihnen geben mir sogar mitunter Tips, auch wenn sie uns Bullen nicht sonderlich lieben.« Theo Fincke lacht leise und fährt sich über seine Halbglatze. »Richtig ist aber, daß rechtsextreme Organisationen versuchen – und das auch mit Erfolg –, die Skinszene für sich zu nutzen, genauso wie sie auch Fußball- und Eishockeyfanclubs unterwandern. Hier rekrutieren sie einen Teil ihrer Schlägerbanden. Doch das ist nur ein kleiner Bereich der braunen Szene!«

»Aber solchen Typen traue ich schon zu, bei Sebi eingebrochen zu sein«, meint Michael, »so wie das in seinem Zimmer ausgesehen hat!«

»Das könnte schon sein«, erwidert Theo Fincke, »aber das sind – falls es denn so war – eben nur die Handlanger. Im Augenblick müssen wir leider davon ausgehen, daß da andere, besser organisierte Leute dahinterstecken. Oder ist Sebastian irgendwann einmal direkt mit irgendwelchen rechtsextremen Jugendlichen aneinandergeraten?«

»Nicht daß ich wüßte«, antwortet Peter, »mein Bruder hätte mir das sicher gesagt.«

»Mir auch, wir haben in letzter Zeit oft telephoniert oder gemailt«, ergänzt Kathrin, »aber aufgefallen ist mir eigentlich nichts. Ja, von einer Überraschung hat er vor ein paar Tagen gesprochen, aber mit so einem Überfall kann er ja wohl nicht gerechnet haben, da hätte er sich doch deutlicher ausgedrückt.«

»Neulich habe ich in der Tagesschau gesehen, daß Skins in Berlin einen Behinderten aus dem Rollstuhl gekippt und auf ihn eingeschlagen haben«, erinnert sich Ulli. »Könnte es nicht einfach so etwas gewesen sein?«

»Nicht alle durcheinander«, bittet Kommissar Werner. »Wir sollten vielleicht erst einmal die Vermutungen des Kollegen Fincke anhören und dann darüber diskutieren!«

Für einen Moment herrscht Stille. Kathrin wendet sich wieder dem Mann mit dem schütteren Haarkranz und dem Vollbart zu, der wieder seine Brille putzt und so gar nicht aussieht wie ein Polizist, schon gar nicht wie einer vom Verfassungsschutz.

»Vielleicht sollte ich zuerst kurz ausführen, wie ich mir die hiesige rechte Szene vorstelle«, meint Fincke. »Ich sage deshalb ›vorstelle‹, weil ich natürlich nicht sicher bin, ob es wirklich so ist, und weil ich es gerne genauer wüßte. Also, ich stelle mir das oft vor wie eine Krake, von der nur ein paar Tentakel sichtbar sind. Etwa diese Schläger, die mit Naziemblemen herumlaufen. Dann gibt es noch die alten Nazis, die irgendwelche Schriften herausgeben oder Vereinigungen wie den ›Verein zur Aufdeckung von Geschichtslügen‹ oder die ›Gesellschaft für nationale Rückbesinnung‹ finanziell unterstützen.«

»Ungold«, entfährt es Peter.

»Etwa Wilhelm Ungold«, nickt Fincke, »Rechtsanwalt und Verleger und als blutjunger Mann Mitglied der Waffen-SS. Das ist hier in der Stadt sicher der wichtigste Mann aus diesem Kreis. Und er macht das leider ziemlich geschickt. Wir verbieten zwar gelegentlich eine Nummer seiner Zeitung, aber sonst ... Die Bußgelder wegen Volksverhetzung zahlt er aus der Portokasse, und bei seinen Gesinnungsgenossen gilt er dann noch als Märtyrer für die große Sache.«

»Aber was soll dieser olle Nazi mit Sebastian zu tun haben?« fragt Ulli halblaut.

»Vielleicht gar nichts«, sagt der Verfassungsschützer, »aber vielleicht – um bei meinem Vergleich zu bleiben – ist er der Kopf der Krake, oder möglicherweise gibt er ihr nur Nahrung? Ich kann es nicht sagen, denn die meisten Teile dieses Tieres sind zumindest für mich noch unter Wasser, ich spüre zwar manchmal Wellenbewegungen, sehe sie aber nicht. Da gibt es etwa die Nazi-Computerspiele an der Schule, Kollege Keller hat mich auf sie aufmerksam gemacht. Dann tauchen immer wieder einmal Plakate oder Kleber bereits verbotener Gruppen oder Grüppchen auf. Wenn ich viel Glück habe, dann bekomme ich von einem meiner Informanten mal ein Positions- oder Strategiepapier, von dem ich aber nie weiß, ob es wirklich echt ist, und schon gar nicht, welchen Stellenwert es im rechten Untergrund hat. Dabei bin ich ...« –

Fincke hebt die Stimme – »in den letzten Wochen zweimal auf den Namen THOR gestoßen, und so war ich natürlich wie elektrisiert, als mir Rainer, also Kommissar Werner, von eurer Entdeckung auf der Diskette berichtete.«

»Und wer oder was ist THOR?« fragt Kathrin.

»Wenn ich das wüßte!« Der Polizist lacht bitter und zieht ein Blatt aus der Tasche. »Kollege Keller meinte, ich könne Ihnen vertrauen – und darum kann ich nur nachdrücklich bitten. Ich erzähle Ihnen das alles nur, weil ich hoffe, daß Ihnen irgend etwas ein- oder auffällt, was uns weiterhilft, nicht zuletzt im Fall von Sebastian. Ich lese einmal die beiden Sätze vor, in denen THOR erwähnt wird. In einem Strategiepapier der verbotenen ›Nationalsozialistischen Aufbauorganisation‹ heißt es, THOR werde die Verbindung und Logistik aller treu gesinnten Gruppen in ganz Europa um ein Vielfaches verbessern. Es könnte also eine Gruppe oder Zelle sein, die eine Art Kurierdienst welcher Art auch immer innerhalb der rechten Szene organisiert. Flugblätter, Plakate, Geld ...«

»Oder Waffen!« meint Kommissar Werner ernst.

»Darauf deutet der zweite Satz hin, der aus dem Telephongespräch eines stadtbekannten Rechten stammt. Da heißt es schlicht: ›Mit THORS Hammer wird unseren Gegnern Hören und Sehen vergehen!‹«

»Wenn Sie schon sein Telephon abhören«, wirft Peter ein, »warum gehen Sie dann nicht hin, verhaften den Mann und fragen ihn, was er mit diesem Satz meint!«

»So einfach ist es leider nicht«, erklärt Fincke. »Wenn dieser Mann nicht dringend verdächtig wäre, an einem Brandanschlag auf ein Asylbewerberheim beteiligt gewesen zu sein, dann hätten wir nie die Erlaubnis bekommen, ihn abzuhören. Aber auf diesen Satz hin stellt uns kein

Richter einen Haftbefehl aus. Und wenn wir ihn einvernehmen oder gar vorladen, dann lügt er uns die Hucke voll und weiß noch dazu, daß er überwacht wird!«

»Was ist das für ein Typ?« fragt Michael.

»Das darf Kollege Fincke natürlich nicht sagen«, schaltet sich nun Kommissar Werner wieder ein. »Aber vielleicht erhält irgend etwas, was Sebastian einem von Ihnen gesagt oder geschrieben hat, vor diesem Hintergrund für Sie neue Bedeutung. Er selbst kann mit diesen beiden Sätzen leider noch nicht viel anfangen.«

Kathrin sieht, wie ihre Freunde nachzugrübeln beginnen und dann mit den Achseln zucken. Auch ihr fällt absolut nichts Neues ein, und so schüttelt sie nur den Kopf.

»Schade«, meint Kommissar Werner, »wäre ja auch zu schön gewesen. Aber vielleicht haben Sie ja in den nächsten Stunden oder Tagen einen Gedankenblitz, das wäre ...«

»Brauneiser«, ruft Kathrin plötzlich, »der Typ, der uns heute besucht hat!« Wie haben sie das nur vergessen können? Und dann gibt sie mit Hilfe der anderen so genau wie möglich das eigenartige Gespräch wieder, das sie heute vormittag mit dem Mann von dem Computer-Service Help And Fun geführt haben. Nun verfallen die drei Polizisten, die aufmerksam zugehört haben, ins Grübeln.

»Brauneiser, Brauneiser«, sinniert Kommissar Keller, »natürlich, den kenne ich. Aber nicht im Zusammenhang mit der rechten Szene. Weißt du woher, Kathrin?«

Die fragt sich, warum Computer-Erik sie direkt anspricht, und schüttelt den Kopf.

»Das war möglicherweise der Typ, über den Andreas Ladner alias Octopus seine Raubkopien bezogen hat. Aber das ist natürlich nur eine Vermutung. Beweisen konnte ich das damals nicht. Aber eine schillernde Figur ist dieser Brauneiser schon!«

»Ich hab noch nie von ihm gehört«, wirft Kommissar Werner ein.

»Er ist ein stadtbekannter Yuppie, gilt als erfolgreicher Jungunternehmer, dem alles zu Gold gerät, was er in Richtung Computer und neue Medien anfaßt. Vor gut einem halben Jahr hat mich jemand von der Wirtschaftskriminalität auf ihn angesprochen. Er hat sich den Laden Brauneisers angeschaut und sich gewundert, wie der mit ein paar Mann so viel Umsatz machen kann. Er hat die Steuererklärung gecheckt, und die war so sauber und fehlerlos, daß es schon wieder auffällig war ...«

»Vielleicht ist seine Firma eine Geldwaschanlage?« vermutet Alexander.

»Dafür gibt es keine Beweise, nicht einmal konkrete Indizien. Ich habe lange gedacht, er macht es über Raubkopien. Aber auch Fehlanzeige. Dann hat mir ein Vogel gesungen, daß seine Leute alte PCs ausschlachten und die brauchbaren Komponenten in neue Computer einbauen ...«

Kathrin nickt, dieser Trick ist in der Szene bekannt. Man schwatzt irgendeinem ahnungslosen User, der endlich auch einen Compi will, ein Gerät auf und gibt es als High-End-Maschine aus, dabei sind die Bestandteile oft zwei Jahre alt – für einen PC eine halbe Ewigkeit. Und der stolze Besitzer merkt es nicht einmal, denn für seine einfache Textverarbeitung oder Tabellenkalkulation reicht auch ein langsamer Prozessor aus. Kathrin konzentriert sich wieder auf das Gespräch.

»Tja, und so liegt gegen Brauneiser im Grunde nichts vor. Außer, daß er ungewöhnlich erfolgreich und clever ist. Das ist zwar kein Grund, jemanden auf dem Kieker zu haben, aber ich wüßte doch zu gerne, wie er es schafft, so viel Geld zu machen«, beendet Erik Keller seinen Bericht. »Vielleicht war sein Besuch bei euch ja wirklich nur der Versuch, ein weiteres gutes Geschäft zu beginnen. Es kann durchaus sein, daß es überhaupt keinen Zusammenhang mit Sebastian gibt, daß es nur ein zufälliges Zusammentreffen war.«

»An Zufälle glaube ich nicht, das ist bei mir eine Berufskrankheit«, meint Kommissar Werner. »Er kommt ja nicht nur am Tag nach dem Überfall, sondern er fragt nach Sebastian, erschrickt, als Kathrin ihm das Märchen auftischt, Sebastian könne sich an ein Gesicht erinnern und ...«

Der Polizist zuckt zusammen und unterbricht sich. Er tippt sich an den Kopf, zieht sein Handtelephon heraus und wählt eine Nummer.

»Geben Sie mir sofort die Bereitschaft«, stößt er hervor. »Ah, du hast heute Dienst, Gerhard. Schick sofort einen Wagen zum Krankenhaus, sie sollen den Patienten Sebastian Gerner bewachen. Aber pronto bitte! Es besteht die Möglichkeit, daß er unliebsamen Besuch bekommt. Und dann organisiere für die nächsten Tage einen Wachdienst ... Ja, rund um die Uhr. Ich erkläre dir später alles ganz genau!«

Wieder tippt der Kommissar – sein Gesicht ist wachsbleich geworden – hektisch Zahlen in sein Handy. »Hauptkommissar Werner. Geben Sie mir Station C, Medizinische Abteilung, die Stationsschwester bitte, schnell!«

Kathrin, die die Aufregung des jungen Polizisten nicht versteht, hört gespannt weiter zu.

»Ah, Schwester Ursula! Hier Kommissar Werner. Ich wollte mich nach Sebastian Gerner erkundigen. Geht es ihm gut?«

Nach wenigen Sekunden stößt er einen tiefen Seufzer der Erleichterung aus. »So, Dr. Ringseisen ist gerade bei ihm. Hören Sie mir bitte genau zu. In wenigen Minuten werden zwei Beamte kommen, die Sebastian bewachen sollen. Es besteht die Möglichkeit, daß die gleichen Leute, die ihn überfallen haben, es noch einmal versuchen. Bleiben Sie und Dr. Ringseisen bei ihm, bis meine Männer da sind. Ich bin schon fast unterwegs und in spätestens einer Viertelstunde bei Ihnen.« Dann streift er sich den Mantel über und eilt zur Tür. »Erklärt ihr ihnen alles!« sagt er noch zu Keller und Fincke und ist dann schon verschwunden.

»Das hätte mir natürlich auch gleich kommen müssen«, sagt Erik Keller und wendet sich Kathrin zu. »Deine Idee, diesen Brauneiser aus der Reserve zu locken, war brillant. Nur, wenn dein Verdacht stimmt, dann hat sie einen fatalen Haken! Indem du Brauneiser auf die Nase gebunden hast, Sebastian habe die Täter erkannt, hast du ihn natürlich gehörig aufgeschreckt. Dann muß er nämlich befürchten, daß die Polizei nun die Spur aufnehmen kann ...«

»Sie meinen also, diese Leute würden Sebastian etwas antun, nur um das zu verhindern?« fragt Kathrin tonlos.

»Das ist bei Rechtsextremen nie auszuschließen«, meint Theo Fincke. »Obwohl mir die Tat bisher so aussieht, als ob die Verbrecher Sebastian nur einschüchtern und etwas, was sie möglicherweise belastet, vernichten wollten. Daß sie jetzt das Risiko auf sich nehmen, ins Krankenhaus einzudringen, glaube ich eigentlich nicht, hoffe ich nicht! Das würde eher zum organisierten Verbrechen passen, der Drogen- oder der Russenmafia zum Beispiel. Die beseitigen solche Zeugen.« Der Verfassungsschützer lacht bitter.

»Die Tötungsdelikte im rechtsextremen Spektrum waren meistens eher Rache- und Fememorde. Aber es ist natürlich richtig, wenn Rainer, ich meine Kommissar Werner, alle Möglichkeiten miteinbezieht und für alle Fälle das Schlimmste zu verhindern versucht.«

Kathrin macht sich inzwischen heftige Vorwürfe. »Ich wollte doch nicht ...« beginnt sie und sieht ihre Freunde an. »Wenn ich geahnt hätte ...«

»Jetzt wißt ihr alle, um was für eine brisante Angelegenheit es sich da handelt oder zumindest handeln kann. Und wie schnell man da sehr ernste Fehler begeht!« unterbricht sie Erik Keller. »Auch deswegen sind wir heute zu dritt hierhergekommen. Wir würden uns natürlich freuen, wenn euch etwas einfällt, was uns weiterhelfen kann. Aber auf gar keinen Fall sollt und dürft ihr irgend etwas selbständig unternehmen! Wenn der Überfall auf Sebastian wirklich mit der rechtsextremen Szene zu tun hat, dann ist das nicht nur kein Kinderspiel, sondern eine ausgesprochen gefährliche Sache, von der ihr unter allen Umständen die Finger lassen müßt. Ist euch das klar? Also: Hinweise, Tips, auch die verrücktesten Ideen: Ja! Aber etwas auf eigene Faust unternehmen: Nein!«

Die fünf vom CHAOS-Computerclub und Peter Gerner nicken. Die Angst ist ihnen gewaltig in die Knochen gefahren. Nachdem nun auch Keller und Fincke gegangen sind, sitzen sie schweigend da und brüten vor sich hin.

»Ich geh jetzt!« sagt Kathrin schließlich. »Für heute hab ich genug – ich hau mich aufs Ohr. Morgen vormittag besuche ich dann Sebastian.«

»Du kannst ihm sagen, daß Alexander und ich ein neues Equipment für ihn basteln«, bittet sie Walter. »Vielleicht können wir ihm schon einen Compi ins Zimmer stellen, wenn er heimkommt. Aber das wird natürlich nicht gerade der schnellste Rechner, schließlich müssen wir ihn aus den alten Mühlen zusammenbauen, die hier herumstehen!«

Kathrin nickt und verläßt den Raum. Vor dem Jugendzentrum zieht sie sich ihre Jeansjacke über, die kalte Herbstnacht läßt sie frösteln. Erschrocken zuckt sie zusammen, als sich eine Hand auf ihre Schulter legt.

»Ich bin's nur«, sagt Peter Gerner, »ich habe dir ja schon vorhin gesagt, daß ich dich unter vier Augen sprechen will. Obwohl ich schon nicht mehr weiß, ob das so eine gute Idee ist!«

Will der etwa was mit mir anfangen, fährt es Kathrin durch den Kopf. »Du, ich bin ziemlich fertig, und für private Sachen ...

»Nein, nicht das, was du denkst.« Peter lacht verlegen. »Es geht um Sebastian, aber das ist auch ziemlich heikel. Ich habe nämlich sein Tagebuch gefunden! Das hatte er nicht in seinem Zimmer, sondern in der Nachttischschublade.« Und er hält Kathrin eine flache Plastikschachtel mit einer Diskette vor die Nase!

»Sein Tagebuch?« wiederholt Kathrin. »Und da steht etwas drin über THOR?«

Peter Gerner nickt. »Aber nicht nur das. Auch viel über mich, Vater und über dich, Kathrin.«

»Du hast es schon gelesen und nichts gesagt?«

»Fast den ganzen Nachmittag bin ich bei uns im Geschäft am Bildschirm gehangen. In Vaters Büro eingeschlossen habe ich mich, damit mich niemand stört.« Er lacht verlegen. »Er hat so ziemlich alles reingeschrieben, was ihm einfiel. Auch über die Rechtsextremen. Aber auch viel über seine Gedanken, seine Gefühle. Es würde ihm bestimmt nicht gefallen, wenn das die Bullen läsen und schon gar nicht einer vom Verfassungsschutz.«

»Und deshalb willst du es der Polizei nicht geben?«

»Schon, das muß ich ja jetzt. Aber«, Peter zögert, »vielleicht nicht alles. Nur das, was für die Aufklärung des Überfalls wirklich wichtig ist. Alles andere kann man vielleicht raustun. Ich hab gedacht, du könntest mir eventuell dabei helfen.«

»Warum kommst du gerade zu mir?«

»Na ja, es muß auf jeden Fall einer von eurem Club sein, jemand, der weiß, wie man Textstellen so entfernt, daß es wirklich niemand merkt, auch nicht so ein As wie der Keller. Und dann«, Peter druckst etwas herum, »gefällst du mir von den ganzen CHAOS-Typen am besten. Und auch Sebastian, du wirst es ja lesen.«

»Also, technisch gesehen ist das kein großes Problem. Du könntest einfach die Stellen, die du weitergeben willst, auf eine andere Diskette kopieren. Das solltest du auch allein können«, meint Kathrin nach kurzem Nachdenken. »Aber ob Keller das dann merkt oder nicht, ist eine andere Sache. Vielleicht wäre es sowieso besser, der Polizei alles zu geben. Ein dicker Fehler pro Tag reicht mir ehrlich gesagt!«

»Ich weiß ja auch nicht, was ich tun soll«, meint Peter hilflos. »Lies es doch einfach mal, und morgen früh treffen wir uns im Krankenhaus und reden darüber. Bitte!«

Kathrin kämpft eine Weile mit sich. Ob wir die Diskette morgen früh oder noch heute der Polizei geben, müßte eigentlich egal sein. Außerdem muß sie sich eingestehen, daß sie irrsinnig neugierig auf das Tagebuch ist. So nickt sie schließlich, nimmt die Diskette an sich und will in Richtung Trambahn davongehen.

»Einen Moment noch. Du brauchst das Paßwort, um in das Tagebuch reinzukommen!«

»Hätt ich mir denken können, daß Sebi das nicht jeden

lesen lassen will.« Kathrin blickt Peter fragend an. »Aber woher kennst du es? Er wird es dir ja wohl kaum gesagt haben?«

Der Anflug eines Lächelns huscht über Peters Gesicht. »Na ja, manchmal ist mein kleiner Bruder ziemlich naiv. Beim dritten Versuch hab ich es schon gehabt.«

»Und – wie heißt es?«

»REDSONJA.«

Als Kathrin nach Hause kommt, sieht sie, daß noch Licht im Wohnzimmer brennt. Am liebsten würde sie vorbeischleichen, um gleich die Diskette anzusehen. Aber sie weiß, daß ihre Eltern ziemlich sauer reagieren, wenn sie sich am Abend überhaupt nicht blicken läßt. Deshalb steckt sie kurz den Kopf durch die Tür. »Hi, Mom! Hi, Paps! Ich bin saumüde und geh gleich ins Bett!«

»Einen Moment wirst du ja wohl noch Zeit haben«, erwidert ihr Vater. »Nach all dem Wirbel, den du und deine Freunde im Spital verursacht haben, würde ich wirklich gern mal mit dir reden.«

Kathrin schaut ihren Vater fragend an.

»Vor ungefähr zwei Stunden hat mich Schwester Ursula ganz aufgeregt angerufen und mir gesagt, daß die Polizei im Haus sei und die medizinische Abteilung auf den Kopf stelle. Sie wollten für deinen Freund Sebastian auf der Stelle ein anderes Zimmer. Ob ich nicht kommen könne? Natürlich bin ich sofort hingefahren!« Gerhard Hartmann seufzt und nimmt einen tiefen Schluck Bier. »Als ich ankam, standen zwei Streifenpolizisten vor Sebastians Zimmer, und Kommissar Werner diskutierte gerade mit einigen Ärzten. Auf jeden Fall haben wir Sebastian jetzt in das kleine Zimmer am Ende des Gangs verlegt. Das hat auch noch einen Vorraum, in dem jetzt zwei Kriminaler sitzen können, ohne daß man sie sieht.«

»Ist das nicht schrecklich, daß man jetzt schon Anschläge in einem Krankenhaus befürchten muß!« wirft Kathrins Mutter ein.

»Dann aber machte der Kommissar eine süffisante Bemerkung, die mich schon aufhorchen ließ«, erzählt Kathrins Vater weiter. »Den ganzen Schlamassel hätten wir meiner Frau Tochter zu verdanken, ich solle sie doch einmal fragen!«

»So ein Unsinn! Ich kann doch nichts dafür, daß Sebastian von solchen miesen Schweinen überfallen wird!« braust Kathrin zuerst auf. Dann aber nickt sie: »Allerdings habe ich heute tatsächlich Mist gebaut.« Und sie erzählt ihren Eltern von der merkwürdigen Begegnung mit dem smarten Herrn Brauneiser.

So ist es schon fast Mitternacht, als sie endlich in ihr Zimmer kommt. Sofort startet sie ihren kleinen Computer, schiebt die Diskette ins Laufwerk und lädt das Textverarbeitungsprogramm, das auch Sebastian benutzt. Bevor sie auf die Diskette zugreifen kann, wird sie nach dem Paßwort gefragt. Kathrin wird rot und tippt REDSONJA ein. Kathrin ist es reichlich unwohl dabei, sich Sebastians Tagebuch anzusehen. Vielleicht hätten wir ihn doch besser erst fragen sollen, überlegt sie. Aber wir müssen ja möglichst schnell etwas über THOR rauskriegen! Mit der Page-Down-Taste blättert sie ein wenig in dem Text, um sich einen ersten Überblick zu verschaffen. Es sind etwa fünfundzwanzig Seiten, dazwischen findet Kathrin auch kleine Bilder, die Sebastian wohl gefallen haben und die er einfach aus anderen Programmen kopiert und in sein Tagebuch aufgenommen hat. Kathrin klickt sich zum Anfang zurück. Die Aufzeichnungen beginnen am Sonntag vor einer Woche. Als Kathrin die ersten Zeilen liest, wird ihr sofort klar, warum Peter gerade ihr die Diskette gegeben hat.

Kathrin war heute zum erstenmal bei mir. Eigentlich ein schöner Nachmittag! Aber wahrscheinlich habe ich mir einfach zu viel versprochen. Wow! Red Sonja meets Dr. Who, der Beginn einer tollen Beziehung. Meine ganze

Bude habe ich auf Hochglanz gebracht. Ja, sie war schon nett zu mir, aber irgendwie gefunkt hat es nicht bei ihr. Und dann hat sie wie die meisten Leute dieses besorgte Getue drauf! Als ob ich nicht selber die Tür aufmachen, ein Buch aus dem Regal nehmen oder einen Kaffee kochen kann. Warum trauen die Leute einem nichts mehr zu, wenn man in einem Rollstuhl sitzt? Sicher hat sie das nicht böse gemeint, war auch nicht so schlimm. Immerhin, sie war schon recht beeindruckt von meinem Laden und will sogar beim Löseservice mithelfen. Wir werden uns also öfters sehen und dann ...
Schluß mit diesen blöden Träumen, Sebastian!
Ja, und wie ist sie, diese Frau meiner Träume? Kathrin hat so gar nichts von der Roten Sonja: keine gewaltigen Muskeln und schon gar keine langen roten Haare! Ehrlich gesagt, mir gefallen ihre schwarzen Strubbel besser. Hab ich ihr auch gesagt, da ist sie richtig rot geworden.

Kathrin fühlt, wie ihr das Blut in die Wangen schießt. Na ja, daß er ein bißchen in mich verschossen ist, habe ich schon bemerkt! Aber ich habe es nicht ganz so ernst genommen, denkt sie. Und Hoffnungen hab ich ihm auch nicht gemacht. Klar habe ich Sebastian gern, aber mit ihm gehen? Darüber habe ich noch nie nachgedacht. Vielleicht, weil er im Rollstuhl sitzt? Das wär doch wirklich zu blöde!

»Puh, so eine Sache! Jetzt aber nichts mehr von der Roten Sonja und endlich zu THOR«, murmelt sie vor sich hin und überfliegt die nächsten Zeilen, bis sie wieder an einem Absatz hängenbleibt.

Manchmal geht mir Peter mit seinem Politikfimmel ziemlich auf die Nerven. Heute hielt er mir zwei Disketten unter

die Nase und sagte, die solle ich mir mal anschauen. War ganz primitive Nazi-Software, wie man sie vor ein paar Monaten auch bei uns in der Schule verkauft hat. »KZ-Manager«, eine entsetzlich primitive Simulation. Wer am meisten Juden vergast, hat gewonnen! Kann mir eigentlich niemand vorstellen, bei dem so was ankommt. Dann noch »Arier-Test« und »Sieg Heil«, schrecklich dumme Fragespielchen mit Nazi-Strichmännchen.
Peter nahm die Sache natürlich furchtbar ernst und sah schon alle Kids der Stadt mit solchen Games rumzocken. Halte ich für ziemlich unwahrscheinlich und sagte ihm das auch. Worauf Old Pit erst recht anfing. Daß die Faschos jetzt die ganze Computerszene unterwandern und daß wir unpolitischen Freaks gar nicht merken würden, was da läuft. Das könne er ruhig uns überlassen, meinte ich, im CHAOS-Club sei kein einziger Rechter.
Peter schüttelte nur den Kopf und setzte sein Hab-ich-doch-schon-immer-gesagt-Gesicht auf. Wir wollten uns eben einfach nicht mit dem wirklichen Leben beschäftigen, sondern uns nur in irgendwelchen Spielwelten rumtreiben usw. Die übliche Leier eben!
Als er draußen war, beschäftigte mich die Sache dann plötzlich doch mehr, als ich gedacht hatte. Gibt es wirklich Nazis in der Szene? Und auch wenn solche Spiele der größte Mist sind, wer hat sie programmiert? Werde bei Gelegenheit der Sache nachgehen.

Kathrin reibt sich für einen Moment die Augen und gähnt. Vor einem halben Jahr waren auch an ihrer Schule Diskettenkopien von solchen Games aufgetaucht. Aber einen großen Run hatte es damals wahrhaftig nicht gegeben, erinnert sie sich jetzt. Zumindest am Anfang nicht. Erst als der Direktor in einem Rundschreiben vor dem

Vertrieb solcher Spiele gewarnt hatte, war es für eine Weile richtig rundgegangen, in der Unterstufe war es daraufhin für ein, zwei Wochen zu einem schwunghaften Handel mit diesen Dingern gekommen. Aber schließlich flaute auch das wieder ab.

Wenn ich die Graphik solcher Spiele mit dem Stereogramm aus der THOR-Datei vergleiche, überlegt sie, dann ist das ein Unterschied wie zwischen einem Dreirad und einem Cadillac. Das paßt doch nicht zusammen! Kathrin konzentriert sich wieder auf Sebastians Tagebuch.

Habe die Nazi-Disketten genauer angesehen. Nicht nur der Inhalt, sondern auch das Deutsch ist unter aller Kanone! Steht doch allen Ernstes im »Arier-Test«:

Beantworte diese Fragen, wenn du eine gute Deutscher sein willst!

Ich habe das Gefühl, daß da keine rechtschreibschwachen Skins dahinterstecken, sondern daß das Übersetzungen sind. Am Ende des Spiels – wenn man dieses Machwerk überhaupt so bezeichnen kann – fand ich auch einen Hinweis:

Created by A.R.I.E.S

Weiß der Geier, was A.R.I.E.S ist! Werde mal Spiderman in Frisco fragen. Vielleicht hat der oder irgendeiner seiner Bekannten in seinem Online-Café eine Ahnung.

Kathrin nickt. Sebastian hat ihr schon öfter von Dieter erzählt, einem deutschen Studenten, der in San Francisco hängengeblieben ist. Dank seiner phänomenalen Netzwerkkenntnisse ist er in der Computerszene nur als »Spiderman« bekannt. »Er ist einer meiner besten Freunde«, hatte Sebastian begeistert gesagt. Freunde, hatte sie damals schon gedacht – dabei haben die beiden nur über eine Datenleitung Verbindung und sich noch nie im Leben von Angesicht zu Angesicht gesehen. Stimmt nicht, korrigiert sich Kathrin in Gedanken, Spiderman hat ja ein Foto von sich gemailt. Sebastian hat es sich ausgedruckt und an die Wand gepinnt. Es zeigt einen langhaarigen Jungen, der in einem Café an einem Computer-Terminal sitzt. In San Francisco gibt es inzwischen fast zwanzig solcher Cafés, wo ein münzbetriebener PC steht, in den sich die User einloggen und mit der ganzen Welt kommunizieren können. Kathrin weiß das von Michael, der seit Wochen von einem solchen Online-Café schwärmt, das er im Jugendzentrum aufbauen will. Kathrin merkt, wie ihre Gedanken immer wieder abschweifen. Sie hat Mühe, sich zu konzentrieren. Wieder muß sie gähnen, sie fühlt die Müdigkeit in sich hochsteigen. Schließlich rafft sie sich auf und schaltet den Computer ab. Das alles hier ist zu wichtig, da darf sie nicht müde und unkonzentriert davorsitzen. Deshalb zieht sie sich schnell aus, stellt ihren Wecker auf sechs Uhr und ist wenige Minuten später eingeschlafen.

Die Rote Sonja wacht mitten in der Nacht durch ein merkwürdiges Geräusch auf. Vor der Zimmertüre hört sie ein Schlurfen. »Nicht schon wieder«, stöhnt Ulli, der Wikinger, als sie die Gefährten vorsichtig weckt.

Die Tür öffnet sich, im Lichtschein erkennt die Rote Sonja eine auf Krücken gestützte Gestalt, die sie sofort erkennt. »Sebastian, der Elf«, entfährt es ihr.

»Ihr müßt unbedingt Thors Hammer finden«, sagt er.

»Und was ist mit dem Salamanderstein und der Axt Sternenschweif?« fragt sie. Aus weiter Ferne dringt ein seltsames Summen an Sonjas Ohr.

»Thors Hammer, nur Thors Hammer ist wichtig!« sagt der Elf eindringlich.

Das Summen wird immer lauter, das ganze Zimmer beginnt zu vibrieren ...

... und Kathrin schlägt die Augen auf. Reflexartig sucht sie nach dem Knopf des Weckers und stößt ihn dabei vom Nachttisch auf den Boden, wo er noch lauter scheppert. Mit einem Ruck ist sie aus dem Bett, schnappt sich das rasselnde Ungetüm und stellt es ab. Dann setzt sie sich auf die Bettkante und reibt die Augen. Immerhin ist sie jetzt wirklich wach. Sie steht auf, streift sich einen Pulli über und öffnet weit das Fenster. Der Himmel ist wolkenlos, es sieht aus, als würde es ein schöner Tag werden. Und sie hat heute einiges vor! Damit sie auch fit genug dafür ist, reckt und streckt sie sich vor dem offenen Fenster und macht ein paar Dehnübungen. Aber in Gedanken ist sie schon wieder bei Sebastians Tagebuch. Noch während sie sich anzieht, schaltet sie ihren Computer an, und kaum ist sie in ihre Jeans geschlüpft, ist sie schon beim Lesen.

Jetzt weiß ich, warum Peter gestern so unleidlich war. Vater hat wieder eine seiner depressiven Phasen. Beim Frühstück hat er kein Wort gesagt, nur stumm vor sich hingestarrt. Die nächsten Tage wird er kaum ansprechbar sein, und Peter muß dann die Werkstatt praktisch alleine schmeißen. Das mit Vater geht jetzt schon zwei Jahre so, seit dem Unfall. Nur kommen seine Depressionen jetzt immer häufiger. Er kann Mutters Tod einfach nicht verwinden, obwohl er nach außen den starken Mann markiert. Eigentlich müßte er ja zum Arzt. Peter und ich haben schon auf ihn eingeredet wie auf einen alten Ackergaul. Aber wenn er aus seiner Schwermütigkeit wieder aufgetaucht ist, kann er sich nicht mehr daran erinnern. Oder will er es gar nicht? Er sei kerngesund, sagt er dann, sein Vater und sein Großvater seien nie beim Arzt gewesen, und zu einem Seelenklempner würde er schon gar nicht gehen ...

Kathrin fragt sich, warum Sebastian ihr und anderen nie von diesen Sorgen erzählt hat. Sebastian ist ihr immer als fröhlicher, stets gut gelaunter Freund erschienen, der keine Probleme hat und mit seiner Querschnittlähmung sehr gut zurecht kommt. Irgendwie hat Peter schon recht mit dem, was er gestern gesagt hat! Wir haben uns zu wenig um die wirkliche Welt gekümmert, denkt sie, sonst hätten wir Sebastians Sorgen doch bemerken müssen.

Immerhin scheint in die Sache mit Peters Nazi-Software Schwung zu kommen. Fand in meinem B.B.S. heute Post aus dem »Haight Street Café« in Frisco vor.

Hi, Dr. Who!
Kein Wunder, daß Du A.R.I.E.S. nicht kennst. Ich habe erst in der Datenbank der »New York Times« herumstöbern müssen, um etwas über diese illustre Organisation herauszufinden. Es handelt sich um den höchst ehrenwerten »Aryan Resistance Information Exchange Service« im Staate Tennessee.
Ich bin neugierig geworden und habe mich bei den Ariern einmal ganz harmlos eingeloggt, bin aber abgeblitzt. Habe dann versucht, durch die Hintertür reinzukommen, mit Erfolg. Bin auf einige Kanäle gestoßen, die Dich interessieren könnten. A.R.I.E.S. hat nicht nur Kontakt zum neuen »Führer«, Gary Rex Lauck von der NSDAP/AO – in den Staaten

gibt es so ziemlich alles, also auch eine Nazi-Aufbauorganisation –, sondern auch zu einem Netz in Deutschland, dem »Thule-Netz«. Dem gehören Mailboxen mit wunderschönen Namen an: »Phantom«, »Elias«, »Germania«, »Franken«, »Wolf«, und die aus Deiner schönen Stadt nennt sich sogar »Nationaler Widerstand«.
Da würde ich an Deiner Stelle weitersuchen, falls Du Dich überhaupt mit dieser braunen Suppe beschäftigen willst.

Spiderman

Da Dieter mir vorsorglich auch gleich die Mailbox-Nummer mitgeschickt hatte, wollte ich mich einmal versuchsweise einloggen. Ich staunte nicht schlecht, das machte auf den ersten Blick einen recht professionellen Eindruck.

HERZLICH WILLKOMMEN IM NATIONALEN WIDERSTAND!
Dies ist eine Mailbox für national gesinnte Menschen. Falls Du Dich nicht mit diesem Begriff identifizieren kannst, so trenne bitte gleich die Verbindung.
Wenn Du Dich zur Mitarbeit entschließen solltest, so wähle bitte im Hauptmenü den Menüpunkt »Registrierung«. (›*‹-Taste drücken). Nach der Überprüfung Deiner Daten stehen Dir dann wesentlich mehr Bereiche dieser Box zur Verfügung.

»Überprüfung Deiner Daten«, das klang schon komisch. Einen falschen Namen eingeben? Aber das hilft ja wenig, wenn man direkt online verbunden ist. Da gibt es einige Möglichkeiten, eine Spur zurückzuverfolgen, dem Prof oder Michael würde ich das schon zutrauen. Also erst mal raus aus dem »Nationalen Widerstand«.

<!> logoff
Auswahl: (00min):!
WACH AUF, WACH AUF, DU DEUTSCHES LAND
Auf Wiedersehen, Besucher.
Du warst 00 Minuten im Widerstand.
Es war Dein 01.ter Anruf in diesen Hallen.
Alt-Z for Help

Kathrin steht auf und schleicht sich die Treppe hinunter. Sie möchte sich schnell einen Kaffee machen, ohne ihren Eltern, die sie im Badezimmer rumoren hört, über den Weg zu laufen. Doch der Lärm der Espressomaschine lockt ihre Mutter in die Küche.

»So früh auf?« wundert sich Irene Hartmann. »Und das in den Ferien! In der Schulzeit würdest du jetzt noch wie ein Murmeltier schlafen, und ich müßte mindestens dreimal hochkommen und dich wachrütteln!«

»So ist das eben«, gibt Kathrin wortkarg zurück und will, ihre Kaffeetasse in der Hand, möglichst schnell wieder in ihr Zimmer.

»Aha, die Rote Sonja ist wieder einmal unterwegs«, vermutet ihr Mutter lachend. »Ein neues Computerspiel! Stimmt's oder hab ich recht?«

»Wie immer«, murmelt Kathrin und verzieht sich. Als sie wieder vor dem Monitor sitzt, merkt sie, daß sie Milch und Zucker vergessen hat. So nippt sie nur an dem bitteren Kaffee und konzentriert sich wieder auf das Tagebuch.

Ich sage Peter natürlich jetzt noch nicht, daß ich an der Sache dran bin. Der wird sich ganz schön wundern, wenn ich ihm von meinen Recherchen berichte! Vielleicht sollte ich auch noch ein paar CHAOS-Leute einschalten? Hat aber noch Zeit.

Diesmal auf Umwegen in den »Nationalen Widerstand«. Habe mich in einem der Terminals in der Uni eingeloggt, unter dem Namen eines Profs, der zur Zeit ein Gastsemester in England macht. Aber die Verwaltung ist viel zu faul, um seinen Account zu streichen. Von dort aus ab in die rechte Mailbox, einen falschen Namen eingegeben, und schon war ich im Menü.

000 Öffentliche Post
001 Briefe an Sysop
002 Fundgrube
003 Witzecke
004 Strategie und Taktik
005 Mehr über uns
HINWEIS: Brett öffentliche Post wird an alle anderen Boxen des Thule-Netzes weitergeleitet!

Was für ein Schrott! In der »Öffentlichen Post« tummeln sich die Flugblätter aller möglichen rechten Parteien von der NPD über die Deutsche Volksunion bis hin zu einer »Deutschen Liga«. Muß man die kennen? Dann wieder eine flammende Kampfschrift für eine »saubere Jugend«, Einladungen zu diversen »Kameradschaftsabenden« und »Jugendlagern«.
In der Fundgrube gibt es die kuriosesten Angebote, vom gebrauchten SS-Dolch bis hin zur Anzeige: »Arier (57, Beamter, Nichtraucher) sucht blonde, nordisch gesinnte Frau zwecks gemeinsamer Lebensgestaltung. Spätere Ehe nicht ausgeschlossen.«
Die Witzecke war im wahrsten Sinn des Wortes zum Kotzen, ein Sammelsurium primitivster Türken- und Judenwitze. Interessanter schon die Artikel unter Strategie und Taktik:

Die politische Tat ist nur dann sinnvoll, wenn sie Signal ist für nachfolgende Taten. So muß die erste Überlegung des politischen Täters sein, ob Nachfolgetaten zu erwarten sind. Nicht zuletzt deshalb bedarf es einer intensiven, generalstabsmäßigen Vorbereitung einer Tat, die abklärt: Was tun? Wer soll es tun? Mit welchem Ziel soll es getan werden? Welche Reaktion ist bei den Freunden zu erwarten? Welche bei den Feinden? Welche bei den Unentschlossenen? Eine isolierte Tat erreicht nichts oder das Gegenteil!

Was für Taten da gemeint sind, darüber lassen sich die Verfasser wohlweislich nicht aus! Schließlich sah ich noch unter 005 nach.

Mit dem THULE-Netz, mit GERMANIA oder NATIONALER WIDERSTAND schaffen wir eine befreite Zone im Mailbox-Bereich. Wir müssen Freiräume schaffen, in denen WIR faktisch die Macht ausüben, in denen WIR sanktionsfähig sind, d. h. WIR bestrafen alle Abweichler und Feinde, WIR unterstützen Kampfgefährtinnen und -gefährten ...

Wir bestrafen alle Feinde! Kathrin wiederholt diesen Satz im Geist mehrmals. Haben diese Leute Sebastian dafür bestraft, daß er in ihre Mailbox eingedrungen ist? Aber wie haben sie ihm auf die Schliche kommen können? Kathrin nippt an ihrem kalten Kaffee und liest weiter.

... gehen unsere Dienstleistungen natürlich viel weiter, können aber nur einem sehr begrenzten, national gesinnten und zuverlässigen Benutzerkreis zugänglich gemacht werden. Wenn Du glaubst, auch dazugehören zu müssen, schreibe unserem Sysop unter 001 eine kurze Mitteilung. Er wird sich mit Dir in Verbindung setzen. Wenn Du bereits registriert bist, kannst du jetzt mit Deinem Paßwort fortsetzen.

Was dann passierte, ist so, daß es mir keiner glauben wird, wenn ich es erzähle. Na ja, aber ich habe ja den Beweis. Erst ein irrwitziger Zufall, ein Glückstreffer wie ein Sechser im Lotto – und dann der totale Blackout. Aber schön der Reihe nach!
Das war's wohl, dachte ich, als ich die Paßwortabfrage sah. Ich überlegte, ob ich mit dem Sysop unter falschem Namen Kontakt aufnehmen sollte, um doch noch ein wenig weiterzukommen. Aber das wollte ich erst genau überlegen, mich vielleicht sogar mit Peter besprechen. Also beschloß ich, mich auszuloggen oder besser: mich hinausschmeißen zu lassen, und verabschiedete mich aus einer Laune heraus mit dem Wort SIEGHEIL.
Anstatt aber, wie ich erwartet hatte, noch einmal zur Paßwortabgabe aufgefordert oder sofort aus der Box hinausexpediert zu werden, erschien ein neuer Bildschirm.

THOR SYSTEM OPERATING BOARD

unerw.wdb	haupt.wdb	zentral.wdb
aktions.txt	connex.txt	werwolf.txt
führer.bmp	nürnberg.bmp	thor.bmp

Die ganze Seite steckte voller solcher Dateinamen, fertig zum Abrufen! Erst nach einer Weile kapierte ich, was passiert war. Die Mailboxbetreiber, so schlau sie sonst waren, hatten aus Dummheit oder aus einer Laune heraus ein Paßwort gewählt, das man eigentlich leicht herausfinden konnte. Eben durch so einen Zufäll. Und das war natürlich ein ganz besonderer Account, den ich so erhielt. SIEGHEIL war nicht für den normalen User dieses sonst so gut gesi-

cherten Teils der Mailbox gedacht, sondern für den System operator, gab also nicht nur Zugriff auf wirklich alle Dateien, sondern auch die Möglichkeit, sie zu verändern, neue Strukturen einzurichten. So in ein System reinzukommen, ist natürlich der Traum jedes Hackers. Was THOR war, wurde mir schnell klar. Ich klickte etwa auf unerw.wdb.

JETZT IST SCHLUSS!!!
ORGANISIERT DIE ANTI-ANTIFA!!!
Wir brauchen die Namen, Adressen, Telephon- und Autonummern aller unserer Gegner. Politiker, linke Journalisten und bekannte Juden. Schickt uns auch Fotos, wenn ihr die entsprechende Software habt. Wer seinen Gegner kennt, kann zurückschlagen!

Das Kürzel unerw. stand für unerwünscht, kein Zweifel! Ich war auf eine Datenbank gestoßen, in denen die Neonazis Namen und Gewohnheiten ihrer politischen Gegner sammelten.

Name:	Kategorie:
Adresse:	1) Politischer Gegner
Telephonnummer:	2) Volksverhetzer
Beschreibung:	3) Volksfeind
Gewohnheiten:	4) Zum Abschuß freigegeben

Bitte mache möglichst genaue Angaben, wenn Du hast, faxe oder schicke ein Foto. Du kannst Deine Angaben auch jederzeit updaten. Die Kategorisierung nimmt THOR vor.

Als ich die Namensliste durchging, entdeckte ich nicht nur einige stadtbekannte Politiker und Journalisten, sondern auch meinen Bruder.

Peter Gerner, Kistlerweg 6, Volksfeind. Fanatischer Gewerkschaftsfunktionär und kommunistisch-jüdischer Hetzer, eher konservatives Outfit, arbeitet in einer Autowerkstatt, behinderter Bruder mit Computerkenntnissen, soll zu allem Überfluß noch mit einer Negerin befreundet gewesen sein.

Als ich das las, war ich wirklich von den Socken. Woher wußten die das? Und sogar etwas über mich! Allein aus unserer Stadt über zweihundert Namen, einige sogar »zum Abschuß freigegeben«. Dann klickte ich eine der Textdateien an.

Microsoft Word – WERWOLF.TXT

EINE BEWEGUNG IN WAFFEN
BAND 11 B
Handbuch für improvisierte Sprengtechnik
Hrsg.: AUTORENKOLLEKTIV WERWOLF

Was ich da fand, war eine Anleitung zur Herstellung und Benützung von Sprengstoffen und Bomben. Ziemlich praktisch und genau, soweit ich das beurteilen kann.

Basis für einen elektrischen Zünder kann auch nur eine einfache Taschenlampenbirne sein. Entfernt ihr Glas, ohne den Glühfaden zu beschädigen. Mit einem Stolperdraht und einer Wäscheklammer …

Fürs erste reichte es mir völlig! Außerdem wollte ich nicht so lange im System bleiben. Falls sich der wirkliche Sysop einschaltete, würde er sofort bemerken, daß da ein Fremder sein Unwesen trieb. Ich brach die Verbindung ab und dachte nach. Was, wenn jeder Zugriff auf den inneren Be-

reich dieser Mailbox protokolliert würde? Dann würde der Sysop mein Eindringen sofort merken. Was ja nicht so schlimm war, ich war ja von einem Uniterminal losmarschiert! Aber natürlich würde er sofort das Paßwort ändern und zwar so, daß ich nie mehr in seinen Bereich reinkäme. Da gab es nur eine Möglichkeit: Noch einmal mit SIEGHEIL einloggen in der Hoffnung, daß es niemand bemerkt, und einfach alle Dateien abkupfern. Wie in Trance hackte ich ins Keyboard und stellte die Verbindung wieder her. Ich schob eine Wechselharddisk mit 540 Megabyte ins Laufwerk und begann dann alles, was im THOR-Bereich der Widerstands-Mailbox enthalten war, rüberzukopieren. Ich zählte die Minuten, ja die Sekunden. Nach sieben Minuten und drei Sekunden war alles geschafft. Und raus aus dem Netz, tief durchatmen.
Doch die Erleichterung war nur kurz. Plötzlich begriff ich, was für einen Riesenfehler ich gemacht hatte!

Kathrin, die bei den letzten Zeilen den Atem angehalten hat, schnauft tief ein und nickt. Sie glaubt zu wissen, worin Sebastians Blackout bestanden hat.

Ich hätte mich ohrfeigen können. In der Hektik hatte ich mir die THOR-Dateien direkt runtergezogen, ohne irgendeine Zwischenstation oder sonstige Sicherheitsmaßnahmen. Wenn der Sysop von THOR nur annähernd so gut war, wie ich nach meinem ersten Eindruck vermutete, dann verfügte er über ein genaues Protokoll, das alle Bewegungen in seinem System registrierte. Und da würde er dann sehen, daß irgend jemand seine gesamten Verzeichnisse abgegriffen hatte. Und in diesem Protokoll würde er Uhrzeit, Umfang der Lieferung und die Kennung des Empfängers, also meine Mailnummer, finden. Und daß es sich bei THOR um eine Organisation handelt, mit der nicht zu spaßen war, wurde mir immer klarer.

THOR muß der bewaffnete Arm unserer Bewegung sein, ein Hammer, der blitzschnell zuschlägt und unsere Feinde in Angst und Schrecken versetzt und die Unentschlossenen an unsere Seite reißt.
THOR muß die innerste Zelle der Bewegung sein, sie muß die härtesten, intelligentesten, zähesten und skrupellosesten nationalen Elemente in jeder Stadt umfassen. Wenn heute unsere Bewegung aus zahllosen dezentralen Gruppen besteht, so muß in jeder dieser Gruppen ein Mitglied oder Verbindungsmann von THOR sein.
THOR kann sein hochgestecktes Ziel nur erreichen, wenn es sich der modernsten Technik bedient. So wie sich die ruhmreiche Armee des Dritten Reiches dank deutschem Erfindergeist so lange gegen tausendfache Übermacht hielt, so wird sich THOR als die geheime Armee des Vierten Reiches mit den Mitteln der modernen Technologie als GEGENMACHT etablieren. Was dem Führer die Autobahn war, wird für THOR der Datenhighway sein.

Was für ein bombastisches Geschwätz! Und doch jagt es mir Angst ein. Ich habe mir auch eine dreidimensionale Bildsequenz angesehen, einen Hammer, der vom Himmel fällt und von einer schwieligen Faust gepackt wird. Bilder wie aus einem Horrorfilm. Was mir aber noch mehr Angst einjagt, ist die Perfektion, mit der sie gemacht sind.

Kathrin nickt stumm vor sich hin. Genau das hat sie auch empfunden, als sie diese Bilder im Clubraum zum erstenmal sah. Ist das wirklich noch keine vierundzwanzig Stunden her? Und nicht einmal zwei Tage, seit dieser ganze Alptraum mit dem Überfall auf Sebastian anfing? Es scheint ihr schon viel länger zu dauern – so viel ist in dieser kurzen Zeit geschehen. Kathrin ist fast am Schluß von Sebastians Tagebuch angelangt.

... habe ich Peter beim Abendessen angedeutet, ich sei an einer großen Sache dran, und er würde sich noch wundern, was wir Computerfreaks so alles anstellen können. Dann habe ich das Material noch einmal gesichtet. Es ist tatsächlich ziemlich heiß. Haupt.wdb enthält den gesamten Zahlungsverkehr der hiesigen Rechtsextremen, Zentral.wdb die Liste der Mitglieder und der Sympathisanten, der jetzigen und auch der ehemaligen, und Connex.txt die Adressen der Verbindungsleute in zahlreichen Neonazigruppen des In- und Auslands. Und dazu alle möglichen Strategiepapiere sowie Anleitungen zum Waffenbau, zum Guerilla- und Straßenkampf. Übrigens meist Auszüge aus linksradikalen Schriften, da kennt THOR keine Berührungsängste!
Auf jeden Fall sollte das Ganze schnellstens in die Hände der Polizei. Vielleicht kann mir Alexander helfen, er kennt ja Kommissar Keller!
Der ganze Hack ist jetzt schon über zwölf Stunden her, in meinem B.B.S. hat sich noch niemand gemeldet. Kein einziger Versuch, eine Connection herzustellen. Vielleicht habe ich mir doch zu viel Sorgen gemacht, und die Leute von THOR haben überhaupt nichts gemerkt oder doch meine Nummer nicht. Aber auch, falls sie jetzt wissen, daß ich bei ihnen im System war, was sollen sie denn machen? Mich anzeigen? Da würden sie sich ja selbst ans Messer liefern. Und ihr Geheimnis ist entdeckt! Das einzige, was sie können, ist, ihre Spuren zu verwischen ...

Die im Schatten sieht man nicht

Kurz nach sieben Uhr ist Kathrin mit der Lektüre von Sebastians Tagebuch fertig. Schon will sie ihren Computer abschalten, dann tippt sie nach kurzem Nachdenken:

```
diskcopy a: a:
```

Mit diesem Befehl wird die Diskette Spur für Spur kopiert. Vielleicht gibt es ja neben dem Tagebuch noch verborgene oder nicht sauber gelöschte Dateien, die Alexander finden kann, denkt Kathrin. Die Originaldiskette freilich will sie der Polizei geben und auch kein Komma darin ändern. Während ihr PC noch an der Arbeit ist, geht Kathrin ins Treppenhaus und wählt Peter Gerners Nummer.

»Hab mir schon gedacht, daß das nur du sein kannst, die so früh anruft!« meint Sebastians Bruder. »Bist wohl durch mit Sebis Tagebuch?«

»Ja, wir sollten so schnell wie möglich darüber reden. Und dann geben wir die Diskette der Polizei! Hast du jetzt Zeit?«

»Heute vormittag arbeite ich nicht. Ich wollte ja Sebi besuchen!«

»Treffen wir uns vorher doch im Café am Marktplatz. Das ist neben dem Polizeipräsidium!«

»Und du willst gar nichts ändern?«

»Nicht am Telephon!« Kathrin senkt die Stimme. »Meine Eltern hören möglicherweise mit! Ich kann in einer Viertelstunde da sein!«

Wenig später sieht sie Peter an einem der kleinen runden Tischchen des Marktcafés sitzen, das ihr heute merkwürdig leer vorkommt. Dann fällt ihr der Grund dafür ein: die Herbstferien! Denn sonst sitzt hier ihre halbe Klasse, um noch schnell einen Kaffee vor Schulbeginn zu trinken und Hausaufgaben abzufeilen.

»Also ...« Peter nippt an seinem Tee. »Du willst den Bullen also das ganze Tagebuch geben, auch die Geschichten über Vaters Depressionen, über mich und dich? Das geht die doch gar nichts an und hilft ihnen überhaupt nicht weiter!«

»Da hast du schon recht«, stimmt Kathrin zu. »Kommissar Werner wird das kaum interessieren, er überfliegt das einmal, und dann vergißt er es ...«

»Dann kannst du die Stellen doch gleich löschen!«

»Klar! Aber da bestünde die Gefahr, daß das schnell gemerkt würde. Du kannst Gift drauf nehmen, daß Computer-Erik höchstpersönlich die Diskette untersucht, schon aus alter Freundschaft ...«

»Computer-Erik?«

Kathrin grinst. »So heißt Kommissar Keller in der Szene! Weißt du, die meisten Leute meinen, daß man auf einer Diskette oder Harddisk einfach etwas löschen kann, und dann seien diese Daten ein für allemal verloren. Typischer Fall von Denkste! Erst wenn das Zeug an exakt derselben Stelle überschrieben ist, kann man gar nichts mehr retten. Zumindest nach meinem derzeitigen Wissensstand!« Kathrin winkt der Kellnerin zu und streckt zwei Finger nach oben. »Das heißt, daß ich zwei Croissants will. Die bekommst du hier frisch aus dem Ofen! Willst du auch welche?«

Verärgert über die Unterbrechung schüttelt Peter unwillig den Kopf.

»Aber was du dir vorstellst, ist noch schwieriger. Es soll ja der größte Teil des Tagebuchs erhalten bleiben, nur ein paar Stellen müßten gelöscht werden. Erstens würde Kommissar Keller die Lücken erkennen, und selbst wenn ich die geänderte Datei woandershin kopiere, würde er feststellen, daß daran manipuliert worden ist – und zwar zu einem Zeitpunkt, an dem Sebastian bereits im Krankenhaus war. Und der weiß sofort, wer daran gefingert hat, darauf kannst du jede Wette abschließen! Klar, es gäbe schon noch ein paar Wege ...« Kathrin grinst versonnen. »Aber dafür ist mir die Sache doch zu heiß, es wäre einfach zu riskant. Nur, weil wir nicht wollen, daß jemand ein paar sehr persönliche Sätze liest. Das größere Problem für mich ist, Sebastian zu sagen, daß ich sein Tagebuch gelesen habe!«

»Für mich auch!« stimmt Peter zu. Kathrin sieht, wie es in ihm arbeitet. »Wahrscheinlich hast du recht. Also, bringen wir's hinter uns. Gehen wir zu Kommissar Werner!«

»Da würde ich doch einen Umweg vorschlagen!« Genußvoll taucht Kathrin ihr Croissant in den Kaffee und beißt dann davon ab. »Wir gehen erst zu Computer-Erik, zu dem habe ich den besseren Draht.«

Kathrin setzt einen reumütigen Hundeblick auf, als stünde sie schon vor dem Kommissar. »Zerknirscht beichten wir ihm, daß du – sagen wir lieber heute früh – die Diskette gefunden hast. Aber so ganz hätten wir unsere Neugier nicht bezähmen können und hätten darum das Tagebuch erst einmal selbst gelesen. Und ob er das seinem Kollegen Werner schonend beibringen könne. Und du kannst ja noch sagen, daß es dir wegen der persönlichen Stellen sehr schwergefallen ist, die Diskette zu ihm zu bringen!«

Als sie dann eine Viertelstunde später in Erik Kellers Büro stehen, hat der eine überraschende Neuigkeit für sie.

»Wir haben die Täter«, sagt er, kaum daß sie ihre Nase zur Tür hineingesteckt haben. »Kommissar Werner hat mich gerade angerufen!«

Keller lacht, als er die Verblüffung der beiden bemerkt. »Manchmal arbeiten wir eben auch schneller, als die Polizei erlaubt! Aber es war schon Glück dabei, ein Tip offenbar. Gestern, am späten Abend, meldete sich ein anonymer Anrufer und gab uns die Namen von zwei Skinheads, Leo Wieser und Hans Kehl. Sie hätten den Überfall begangen. Unsere Bereitschaft verständigte Werner, und der fand schnell heraus, daß die beiden schon eine Latte Vorstrafen hatten und beim Verfassungsschutz bestens bekannt waren. Die Bilder paßten auch zu den Zeugenaussagen ...«

»Aber Sebastian kann sich doch nicht erinnern!« unterbricht Kathrin den Kommissar.

»Stellt euch vor, unsere Leute haben auch alle Nachbarn befragt, und einigen von denen sind tatsächlich zwei junge Männer aufgefallen, die um die fragliche Zeit in der Gegend waren. Aufgrund von diesen Aussagen haben wir Phantombilder zeichnen lassen. Auf jeden Fall sahen Wieser und Kehl diesen Darstellungen sehr ähnlich, und so hat Werner die beiden heute früh vorläufig festnehmen lassen. Zur Zeit verhört er sie gerade. Aber was führt euch denn zu mir?«

»Vielleicht ist es jetzt gar nicht mehr nötig«, sagt Peter und blickt Kathrin fragend an.

Aber die ist nicht bereit, ihren vorherigen Entschluß wieder zu korrigieren. Zumal auf der Diskette ja Sachen drauf sind, die noch ein ganz anderes Kaliber haben. »Wir haben – oder besser gesagt, Peter Gerner hat heute früh etwas gefunden!« Sie legt die Diskette auf Kellers Schreibtisch. »Sebastian hat nämlich eine Art Tagebuch geführt und die Disketten nicht in seinem Arbeitsraum aufbewahrt. Diese Diskette enthält die Aufzeichnungen der letzten Woche und wahrscheinlich auch die Erklärung für den Überfall!«

»Einfach so gefunden? Heute früh?« Der Kommissar blickt die beiden skeptisch an. »Und gestern ist euch das noch nicht eingefallen?«

»Na ja, in der Aufregung, da haben wir ...«

»Laß nur, Kathrin«, fällt ihr Peter ins Wort. »Ja, mir ist Sebastians Tagebuch eigentlich recht schnell in den Sinn gekommen. Ich habe es bereits gestern nachmittag gelesen und dann Kathrin gegeben. Schon das ist mir nicht leicht gefallen. Denn da stehen auch Sachen, von denen Sebastian sicher nicht wollte, daß andere, geschweige denn die Polizei, sie lesen sollen.«

»Bei allem Verständnis für die Privatsphäre«, erwidert Keller. »Die Aufklärung eines Verbrechens – eines Kapitalverbrechens – geht solchen Gefühlen schon vor!«

»Das sehe ich inzwischen ja auch ein. Ich möchte auch sagen, daß mir nach meinen nicht immer guten Erfahrungen mit der Polizei eine Zusammenarbeit einfach schwerfällt. Und deswegen ist die Diskette erst jetzt da. Sie können mir ja wieder eine Buße aufbrummen«, stößt er trotzig hervor. »Gegen irgendeine Bestimmung habe ich sicher verstoßen!«

»Waffenstillstand! Oder noch besser Frieden!« antwortet Keller, schiebt die Diskette in das Laufwerk seines Computers und wendet sich dann wieder den beiden zu. »Wenn ihr mir noch das Paßwort sagen würdet?«

Kathrin kann nicht verhindern, daß sie rot anläuft.

»Ich glaube, ich kann es raten!« Der Kommissar schmunzelt, tippt etwas auf seiner Tastatur und nickt dann befriedigt, als Sebastians Text auf dem Bildschirm erscheint. »Langsam wird REDSONJA so eine Art moderner Sesam-öffne-dich!«

»Oder SIEGHEIL«, überspielt Kathrin ihre Verlegenheit, greift Keller über die Schulter und klickt sich mit der Maus durch das Tagebuch. »Sehen Sie, damit ist Sebastian an THOR herangekommen!«

»Ich würde gern alles erst einmal ohne Kommentar lesen«, wehrt Keller ab, »und ich denke, meine Kollegen auch. Ich mache euch einen Vorschlag. Treffen wir uns doch alle am Nachmittag wieder in eurem Clubraum. Wenn Fincke und Werner können, werden sie sicher mitkommen. Da können wir dann alles, was mit dem Fall zusammenhängt, bereden. Vielleicht haben die Burschen bis dahin ja schon ausgepackt!«

Als Kathrin und Peter zustimmend nicken, fügt er hinzu: »Und grüßt Sebastian von mir. Die beste Nachricht habe ich übrigens noch vergessen. Er beginnt sich zu erinnern ...«

»Hat er die Täter wiedererkannt?« platzt Peter heraus.

»So weit ist es noch nicht«, erwidert Keller. »Aber heute früh hat er dem Arzt gesagt, er sei durch einen Zufall in die Mailbox einer rechtsradikalen Gruppe reingekommen. Die Phantombilder oder die Fotos der Verdächtigen werden wir ihm übrigens erst dann vorlegen, wenn der behandelnde Arzt meint, er habe sein Gedächtnis in vollem Umfang wiedererlangt. Sonst würde uns ein cleverer Anwalt sofort unterschieben, wir hätten ihm diese Bilder quasi ins Gehirn gepflanzt. Das ist heikel bei solchen Fällen. Aber jetzt raus mit euch, bis heute nachmittag!«

Kathrin und Peter verabschieden sich schnell, dann verlassen sie das Polizeipräsidium und steigen in die Trambahn, die zum Krankenhaus fährt. Kathrin setzt sich und starrt aus dem Fenster, ohne irgend etwas wahrzunehmen.

Sie freut sich unheimlich, daß Sebastian sein Gedächtnis wiederzufinden scheint. Dann wiederum denkt sie über das nach, was sie von dem Kommissar sonst noch erfahren haben. Nach einer Weile dreht Kathrin den Kopf zu Peter um, der hinter ihr sitzt.

»Wieder so eine merkwürdige Sache«, meint sie halblaut. »Wer hat die beiden Täter denunziert? Und warum?«

»Vielleicht weiß die Polizei heute nachmittag schon mehr«, erwidert Peter. Dann verzieht er sein Gesicht. »Hast du dir schon überlegt, wie wir Sebi beibringen, daß wir seine Diskette angesehen haben?«

Kathrin zuckt zusammen. Darüber hat sie noch gar nicht nachgedacht. Ihr fällt ein, was für eine Szene sie ihrer Mutter gemacht hatte, als sie bemerkte, daß diese heimlich in ihrem Tagebuch gelesen hatte. Meine geheimsten Gedanken gehören mir und gehen niemanden etwas an, hatte sie geschrieen, und ihre Mutter hatte sich entschuldigt. Trotzdem war Kathrin noch wochenlang sauer gewesen darüber. Wie würde Sebastian darauf reagieren, daß sie nun von seiner Verliebtheit wußte? Nicht auszudenken!

»Müssen wir es ihm denn wirklich sagen?« meint sie schließlich hilflos.

»Das meinst du doch nicht im Ernst!« Peters Stimme klingt empört. »Du hast mich schließlich dazu überredet, die Diskette der Polizei zu übergeben. Das kann man wohl kaum mehr rückgängig machen!«

»Sorry, ich habe wohl wirklich zu wenig geschlafen«, entschuldigt sich Kathrin. »Sebastian wird ja auf jeden Fall davon erfahren, und da ist es schon besser, er hört es direkt von uns. Aber Angst habe ich doch, es ihm zu sagen!«

»Ich auch«, nickt Peter. »Aber uns bleibt wohl nichts anderes übrig, als die Flucht nach vorn anzutreten!«

»Ihr habt alles, wirklich alles gelesen?« fragt Sebastian noch einmal nach. Kathrin merkt, daß seine gute Stimmung, in der er sie begrüßt hat, völlig verflogen ist.

Sebastian rollt zum Fenster seines Krankenzimmers und blickt eine Weile lang schweigend über die Stadt. Dann dreht er sich wieder um und schaut seinen Bruder an. »Irgendwie kapiere ich schon, daß du die Diskette genommen und angeschaut hast. Du konntest ja nicht ahnen, daß meine kleinen grauen Zellen so schnell wieder funktionieren würden. Aber«, fährt er etwas kläglich fort, »vielleicht war es nicht die schlaueste Idee, gerade Kathrin mein Tagebuch zu geben …«

»Ich dachte doch nur«, will sich Peter verteidigen, »wenn ich die Diskette …«

»Laß nur«, fällt ihm Sebastian ins Wort und blickt dann Kathrin an. »Weißt du, Rote Sonja, an das, was ich über THOR geschrieben habe, kann ich mich wieder ganz genau erinnern. Aber was sonst noch in dem Tagebuch gestanden hat, da herrscht bei mir völlige Mattscheibe.«

»Echt?« fragt Peter verblüfft.

»Du bist manchmal wirklich begriffsstutzig«, meint Kathrin und überlegt sich ihre nächsten Worte, die sie an Sebastian richtet, ganz genau. »Weißt du, mir schwant ganz dunkel, daß ich irgend etwas sehr Nettes über mich gelesen habe. Aber das ist schon alles, werter Dr. Who! Ansonsten ist mein Gedächtnis, was deine persönlichen Notizen im Tagebuch betrifft, wie ausgelöscht!«

Auf Sebastians Gesicht zeigt sich ein zaghaftes Lächeln. »Auf einen guten Neuanfang, Amnesiepartner!«

In diesem Moment erscheint der Chefarzt mit einer Schar von Assistenten und Schwestern im Gefolge. »Na, wie geht's denn unserem bestbewachten Patienten?« fragt er und fährt, ohne eine Antwort abzuwarten, an Kathrin und Peter gerichtet fort: »Die Untersuchung dauert etwas länger. Wenn Sie bitte das Zimmer verlassen würden!«

»Wir warten draußen«, verspricht Kathrin, »und dann reden wir noch einmal über THOR!«

Beim Verlassen des Raums prallen sie fast mit Kommissar Werner zusammen. »Visite«, meint Kathrin, »da müssen auch Sie ein wenig warten!«

»Bleibt mir wohl nichts anderes übrig«, sagt der Polizist unwillig, zieht eine zerknautschte Zigarettenschachtel aus seiner Manteltasche und steckt sich eine Zigarette in den Mund. »Aber mit Ihnen beiden wollte ich auch noch ein paar Takte reden!«

»Rauchverbot, Herr Kommissar«, versucht Peter ihn abzulenken, »wir sind in einem Krankenhaus!« Denn daß dieses Gespräch auf eine Standpauke hinausläuft, ist ihm klar.

»Hab gar nicht gemerkt, daß ich mir eine anstecken wollte«, murmelt Werner. Dann blickt er die beiden streng an. »Erik hat mir berichtet, daß Sie eine Diskette gefunden und nicht sofort abgegeben haben. Statt dessen haben Sie dieses Tagebuch erst einmal selbst gelesen, obwohl es wichtige Hinweise enthält!«

»Daß es so wichtig ist, konnten wir ja erst wissen, nachdem wir es gelesen hatten«, meint Kathrin mit gewollt treuherzigem Augenaufschlag. »Das ist doch logisch!«

»Erzählen Sie mir nicht, daß Sie nicht schon auf der ersten Seite gemerkt haben, wie wichtig diese Diskette sein kann!« Der Polizist winkt ab. »Aber lassen wir das, ich verstehe schon, daß Sie neugierig waren. Immerhin haben wir die Täter ja ganz unabhängig davon erwischt, wie es scheint. Allerdings gibt es immer noch viel zu überlegen und zu bereden. Vor allem muß Ihnen ganz klar sein, daß Sie von jetzt an den Fall wirklich uns überlassen sollten!«

Fast lautlos schwingt die mächtige Steintür zur Seite und gibt den Weg in einen langen Gang frei. Heiße Dampfschwaden treffen die Gruppe – ohne die magische Lederkleidung, die sie sich übergestreift haben, wäre das ihr sicherer Tod gewesen. Langsam führt die Rote Sonja ihre Gefährten vorwärts, sie gelangen in eine riesige Natursteinhöhle, in der überall Feuer lodern.

»Ist das die Schmiede des Zwergengottes Ingerimm?« fragt Ulli leise und deutet auf einen mannshohen Amboß in der Mitte der Höhle.

Die Rote Sonja zuckt mit den Achseln.

Plötzlich hören sie ein langsames, schweres Tappen aus einem Gang auf der Stirnseite der Höhle. Ein Steingolem nähert sich der Gruppe. »Habt ihr das Geschenk für meinen Gott?« fragt das Ungetüm mit knarzender Stimme.

Die Rote Sonja streift das Steinamulett von ihrem Hals und wirft es dem Granitriesen zu.

»Ich werde euch ein mächtiges Schwert schmieden. Das wird eine Zeit dauern. Ihr könnt euch solange hier etwas umsehen!«

In einer Nische der Höhle finden die Helden zwei Schatzkisten. Michael kann es natürlich nicht lassen, seine Fingerfertigkeit an der ersten zu erproben. Als er eine goldene Halskette nehmen will, hält ihn Sonja zurück. »Die Schriften, die wir in den oberen Etagen dieser Binge gefunden haben, warnen uns davor, dem Zwergengott irgend etwas zu stehlen!«

Während Michael das Schmuckstück widerwillig zurücklegt, stößt Alexander, der die andere Kiste mit einem Zauberspruch geöffnet hat, einen überraschten Schrei aus: »Kommt her, das ist der Salamanderstein!«

»Den sollen wir wohl auch nicht nehmen«, knurrt Michael.

In diesem Moment hören sie die Stimme des Golems. »Ich kann euch einen Handel vorschlagen. Wenn ihr auf das Schwert, das ich gerade schmiede, verzichtet, dann dürft ihr den Salamanderstein behalten!«

Einen Moment ringt die Rote Sonja mit sich. Kann der Salamanderstein wirklich den Krieg zwischen Elfen und Zwergen beenden? Soll sie dafür auf das Schwert verzichten, das sie zur mächtigsten Kriegerin aller Welten machen würde? Vielleicht könnte man den Steingolem ja überlisten? Aber dann denkt sie an die vielen Skelette der Abenteurer, die sie in dieser Zwergenbinge schon gefunden haben und verwirft diesen lockenden Gedanken. »Wir nehmen den Handel an!« ruft sie laut.

»So sei es«, erwidert der Golem, »nehmt euren Stein und verlaßt diese Schmiede. Ingerimm will euch nicht mehr hier sehen!«

So schnell sie kann, führt die Rote Sonja ihre Freunde aus der Höhle, die sich hinter ihnen sofort wieder schließt.

»Hey, Red Sonja, wo bist du gerade?« hört Kathrin eine Stimme hinter sich rufen. Als sie sich umdreht, sieht sie Sebastian in seinem Rollstuhl.

»Sebastian«, stößt sie überrascht hervor und freut sich riesig. »Bist du schon aus dem Krankenhaus entlassen worden?«

»Sonst wäre ich ja kaum hier. Computer-Erik hat mich mitgenommen, er meinte, es wäre gut, wenn ich bei dem Gespräch auch dabei wäre!« Sebastian sieht sich neugierig im Clubraum um. »Weißt du, daß ich tatsächlich zum ersten Mal hier bin?«

Kathrin nickt. Bisher hat sie, abgesehen von dem Besuch vor gut einer Woche, nur telephonisch oder über Monitor und Bildschirm Verbindung mit Sebastian gehabt. Eigentlich ist es ziemlich dumm von uns gewesen, daß wir nie auf die Idee gekommen sind, Sebastian mit dem Auto hierherzuholen, denkt sie jetzt.

»Du solltest öfter kommen«, sagt sie deshalb schnell. »Wir könnten das vielleicht regelmäßig organisieren. Der Prof hat ja ein Auto!«

»Man kann so einen Rollstuhl zusammenklappen, da geht das schon. Aber weißt du, ich will niemandem zur Last fallen ...«

Wieder so ein blödes Mißverständnis, ärgert sich Kathrin. Wir denken, für Sebastian sei es besonders praktisch, nur online mit uns zu kommunizieren, und schnallen überhaupt nicht, daß er uns auch einmal wirklich sehen und ganz persönlich mit uns reden will. Und er sagt nichts, weil er Angst hat, uns lästig zu sein. Sein Stolz läßt das anscheinend nicht zu.

Sebastian merkt Kathrins Verlegenheit. »Ihr habt wirklich ein ganz schönes Chaos hier«, meint er mit einem Blick auf den Clubraum.

»Wir müssen ja unserem Namen treu bleiben«, wirft Walter ein, der gerade die neuesten Mails an den Club sichtet. »Übrigens habe ich einen Haufen Briefe aus der Szene an dich, sogar aus den Staaten. Der Überfall hat sich wahnsinnig schnell rumgesprochen, das Internet ist halt ein Dorf.«

»Das ist ja schön, aber ...« Sebastians Blick verfinstert sich.

»No problem«, wirft Michael ein, der in einer Ecke des Raums vor einem Computer-Tower sitzt. »Noch eine Stunde und ich habe einen ziemlich schnellen Kasten für dich zusammengebaut. Ist zwar kein Pentium, aber ein 486 DX4 mit 100 Mega getaktet. Und da noch ein Modem dranzuhängen, ist wirklich nicht schwierig.«

»Ich weiß gar nicht, wie ich euch danken soll«, strahlt Sebastian, »ihr seid echte Kumpel!«

»Und wenn du irgendwelche neue Spielsoftware willst«, schaltet sich nun Ulli ein, »mußt du es nur sagen. Ich kann so ziemlich alles besorgen, was neu auf dem Markt ist und gut!«

»Laß nur Computer-Erik solche Sprüche nicht hören. Der meint sonst noch, du würdest Raubkopien verscherbeln«, meint Alexander, der eben den Clubraum betreten hat. »Übrigens sind die Herren Kommissare im Anrollen!«

Als die drei wenig später den Raum betreten, schlägt Kommissar Werner gleich vor, sich um den großen Computer zu versammeln, an dem Kathrin sitzt. Während die anderen Stühle und Hocker heranziehen, überlegt sie wieder einmal, was für unterschiedliche Typen diese drei Polizisten doch sind. Einmal der elegant gekleidete, durchtrainierte Werner im schwarzen Rollkragenpullover, dann Keller, wie immer korrekt in Anzug und Krawatte, so gar nicht, wie man sich einen Computer-Freak vorstellt, und daneben, mit Halbglatze, Vollbart, ein wenig schmuddeligen Klamotten und fast immer traurigen Augen, Verfassungsschützer Theo Fincke.

»Also, zunächst noch einmal die grundsätzlichen Spielregeln«, reißt sie Kommissar Werners Stimme aus ihren Gedanken. »Was wir euch hier sagen, ist absolut vertraulich ...«

»Ich möchte es auch nicht in irgendeinem B.B.S. im Internet lesen«, ergänzt Keller.

»... und wir tun das hier aus drei Gründen: Einmal, weil ihr und vor allem Sebastian Gerner ein Recht darauf habt, auf dem laufenden gehalten zu werden. Dann, weil wir euch davon abhalten wollen, irgend etwas auf eigene Faust zu unternehmen. Und schließlich, weil wir hoffen, daß ihr uns mit euren Ideen vielleicht weiterhelfen könnt …«

»Ich dachte, der Fall sei gelöst!« platzt Michael heraus. Genauso wie die andern vom Club weiß er inzwischen natürlich längst Bescheid von dem, was an diesem Tag so gelaufen ist.

»Ganz so einfach ist das nicht«, erwidert Werner. »Wir haben lediglich zwei Tatverdächtige vorläufig festgenommen.«

»Und vor allem sind die Hintergründe dieses Falls noch alles andere als klar!« wirft Theo Fincke ein.

»Dazu kommen wir später«, meint Werner und zieht ein kleines, flaches Gerät aus seiner Jackentasche, das er mit einem »Blip« einschaltet. Ein Notepad! Gar nicht so unmodern, unsere Polizei, denkt Kathrin.

»Also, fassen wir noch einmal zusammen«, meint Werner und blickt auf sein elektronisches Notizbuch. »Gestern um 23.57 erhielten wir einen anonymen Anruf. Er war kurz und merkwürdig …«

»Ich kann ihn ja mal vorspielen«, schnauft Fincke, holt einen Walkman hervor und schaltet ihn auf Wiedergabe. Eine merkwürdig hohe Stimme sagt: »Die Täter im Fall Gerner sind Leo Wieser und Hans Kehl. Wenn Sie Beweise suchen, sehen Sie in der Mülltonne vor Wiesers Haus nach. Die Bewegung distanziert sich von solch isolierten Aktionen!«

Für einen Moment herrscht Schweigen.

»Hat man eine Ahnung, woher der Anruf kam?« fragt Michael.

Werner schüttelt den Kopf. »Da müßte man schon spezielle Fangschaltungen legen. Und darauf ist die Bereitschaft nicht eingerichtet. Außerdem – bei den paar Sätzen …«

»Da gäbe es schon ein paar Möglichkeiten«, brummt Michael, wird aber von Werner unterbrochen.

»Die Stimme ist übrigens mit einem Frequenzmodulator verzerrt und zwar so, daß unsere Spezialisten sie nicht zurückverwandeln können.«

»Was uns aber den Hinweis darauf gibt, daß der Anrufer oder die Anruferin über erhebliche technische Kenntnisse verfügen muß!« ergänzt Kommissar Keller.

»Auf jeden Fall sind wir in aller Morgenfrühe zur Wohnung Kehls und zum Haus Wiesers – er wohnt noch bei seinen Eltern – gefahren und haben die beiden festgenommen. Und wir haben in der Mülltonne bei Wieser tatsächlich eine kleine Plastiktüte mit Disketten gefunden, die zweifelsfrei Sebastian Gerner gehören.«

»Spielelösungen und so«, erklärt Sebastian.

»Kehl und Wieser haben bisher nur Angaben zur Person gemacht und ansonsten ihren Anwalt verlangt. Sie sehen mir gar nicht so aus, als ob sie überhaupt etwas zur Sache aussagen wollen.«

»Wir kennen die beiden schon lange«, läßt sich nun Fincke vernehmen. »Hans Kehl ist ein eher tragischer Fall. Mutter gestorben, Vater Alkoholiker, mehrere Jahre Erziehungsheim, fünf Stellenwechsel in zwölf Monaten, seit über einem Jahr arbeitslos. Schon vor zwei Jahren mit sechzehn zum erstenmal eine Jugendstrafe, weil er einen Saufkumpan krankenhausreif geschlagen hat. Dann haben ihn rechte Skins quasi adoptiert, die sind für ihn wohl so etwas wie eine Familie. Und weil er bei jedem Aufmarsch und jeder Schlägerei dabei ist, ist er jetzt auch in unseren Akten.«

»Das klingt ja so, als ob Sie Mitleid mit so einem Fascho hätten«, wirft Peter ein, der – wenn auch verspätet – inzwischen ebenfalls im CHAOS-Computerclub eingetroffen ist.

»Hab ich auch«, erwidert Fincke ernst. »Nicht bei jedem meiner Kunden, aber bei so einem wie Kehl schon. Der hatte ja nie eine wirkliche Chance! Anders ist es bei Wieser. Vater höherer Beamter, Mutter Hausfrau. Zweimal durchs Abitur gerasselt, versucht sich jetzt als Lehrling in einer Graphikfirma. Ist uns übrigens zuerst als Sympathisant einer ultralinken Gruppe aufgefallen, mit der er sich aber verkracht hat. Hat dann total die Fronten gewechselt, war erst bei der Wiking-Jugend dabei und ist jetzt einer der Wortführer der rechten Skins. Ebenfalls mehrmals festgenommen, hat sich aber im Gegensatz zu Kehl immer wieder mit einem geschickten Anwalt aus der Schlinge ziehen können.«

Warum geht jemand zu so einer rechtsextremen Gruppe, fragt sich Kathrin. Weil er eine Art Heimat braucht wie dieser Kehl, ein paar Leute, die freundlich zu ihm sind? Und der andere? Scheitert in der Schule, vielleicht ätzend altmodische Eltern ... Aber ist das wirklich ein Grund?

»Wir sind ziemlich sicher, daß die beiden tatsächlich am Überfall auf Sebastian beteiligt waren«, unterbricht Werner ihre Gedanken. »Wir haben mehrere Zeugenaussagen, davon zwei sehr gute. Danach haben wir gleich nach dem Überfall Phantombilder zeichnen lassen, die sehr, sehr ähnlich sind. So etwas beeindruckt das Gericht meistens.«

»Und was ist mit den Disketten, die in der Mülltonne gefunden wurden?« erkundigt sich Alexander.

»Da sind wir schon bei dem eher schwierigen Problem«, erwidert der Kommissar. »Diese Disketten stammen ganz eindeutig aus dem Überfall ...«

»Aber das ist doch gut«, meint Peter, »dann haben Sie doch den eindeutigen Beweis!«

»Eben nicht«, entgegnet Kommissar Werner. »Es könnte ja wirklich so sein, daß die beiden so dumm gewesen sind, diese Disketten in ihrem eigenen Müll zu verstecken, obwohl man sie ganz leicht an anderen Orten unauffällig und unauffindbar hätte verschwinden lassen können. Aber nun kommt plötzlich ein unbekannter Dritter ins Spiel, der davon gewußt haben muß. Jeder clevere Anwalt wird hier ansetzen und erklären, es lasse sich zumindest nicht ausschließen, daß seinen Mandanten diese Beweise untergeschoben wurden ...«

»Was ich übrigens für durchaus denkbar halte«, brummt Fincke dazwischen.

»Und von daher würde er argumentieren, daß Wieser und Kehl – wenn sie überhaupt an dem Überfall auf Sebastian beteiligt waren – eher kleine Würstchen oder Handlanger seien!«

»Kleine Würstchen sind sie ganz sicher nicht«, kommentiert der Verfassungsschützer halblaut, »aber Handlanger schon!«

Kathrin kratzt sich am Kopf. »Heißt das, daß Sie befürchten, die beiden würden nicht mal bestraft?«

»Ich hoffe nicht«, erwidert Rainer Werner. »Zusammen mit Sebastians Aussage dürften unsere Ermittlungen schon reichen, um die Richter zu beeindrucken. Aber die Anwälte haben ziemlich viele Möglichkeiten, auf Ungereimtheiten hinzuweisen und Schwierigkeiten zu machen. Und da gibt es dann schon die Möglichkeit, daß am Ende zwar kein Freispruch, aber doch ein strafmildernder Handel herauskommt.«

»Typisch unsere Justiz«, wirft Peter verbittert ein. »Gegen die Rechten gehen sie mit Samthandschuhen vor!«

»Das mag in Einzelfällen vorgekommen sein«, erwidert Theo Fincke, »aber gerade in letzter Zeit stimmt das generell sicher nicht. Nur gilt eben auch für rechtsextreme Täter der Grundsatz: Im Zweifelsfall für den Angeklagten! Ein Rechtsstaat wie der unsere darf auch bei Leuten, die von Demokratie und Grundrechten überhaupt nichts halten, seine Grundsätze nicht aufgeben!«

Auch wenn sie solche Sätze für ziemlich pathetisch hält, schwinden Kathrins Vorurteile gegen den Verfassungsschützer immer mehr. Offenbar hat der Mann immerhin eine klare Linie.

»Was mich viel mehr stört«, fährt Fincke fort, »ist, daß sich hier offenbar ein anderes Sprichwort bewahrheiten könnte: ›Die Kleinen hängt man, die Großen läßt man laufen!‹ Nicht, daß solche Schläger wie Kehl und Wieser nicht bestraft gehören! Aber es ist doch offensichtlich, daß die beiden die ganze Geschichte nicht angezettelt haben. Ich bin gespannt, was sie dem Gericht als Motiv für ihre Tat nennen werden. Wenn sie in dieser Richtung überhaupt etwas aussagen!«

»Irgendwann im Lauf des Verfahrens werden sie das wohl schon tun«, meint Werner. »Sie werden sagen, daß sie von irgend jemand, an den sie sich aber nicht erinnern, gehört hätten, Sebastian Gerner würde in ihren Organisationen herumspionieren. Und daß sie ihn stellen wollten, und dabei hätten sie dann die Kontrolle über sich verloren und zugeschlagen. Und das täte ihnen jetzt natürlich ehrlich leid! So etwas werden wir zu hören bekommen.«

»Aber es ist ja wirklich nicht damit getan, daß diese beiden bestraft werden«, sagt Kathrin bedrückt. »Denn das wirklich Gefährliche, was Sebastian herausgefunden hat, war ja etwas anderes. Die Leute, die hinter THOR stecken, müssen wir finden!«

»Nun, da wissen wir inzwischen auch etwas mehr«,

gibt Fincke zur Antwort. »Kollege Keller und ich waren schließlich auch nicht untätig inzwischen. Vielleicht sollte Erik zuerst berichten!«

Der Computerspezialist räuspert sich. »Zuerst habe ich nachgeprüft, wer die Mailbox ›Nationaler Widerstand‹ betreibt. Als Betreiber ist tatsächlich Wilhelm Ungold eingetragen ...«

»Unser Oberfaschist!« entfährt es Alexander.

»Aber ich kann mir nicht vorstellen, daß so ein Alt-Nazi sonderlich viel anfangen kann mit einem solchen Kommunikationsmittel. Und wer der Sysop ist, das habe ich nicht herausgebracht. Dafür aber etwas anderes!« Keller wartet einen Moment, um die Spannung steigen zu lassen. »Installiert hat die ganze Anlage eine Firma CSHAF, und eben diese Firma hat ihr Büro in dem gleichen Hochhaus, in dem auch die Redaktionen von Wilhelm Ungolds rechten Postillen untergebracht sind und wo die Mailbox ›Nationaler Widerstand‹ angeschlossen ist.«

»Brauneiser«, stößt Kathrin hervor. »Der steckt also hinter der ganzen Sache. Ich hatte gleich so ein merkwürdiges Gefühl bei dem Typen!«

»Halt! Halt! So schnell sollte man mit seinen Beschuldigungen nicht sein.« Keller schüttelt mißbilligend den Kopf. »Aber es gibt zumindest einige Hinweise, die auf seine Beteiligung hindeuten. Kollege Fincke hat da so seine Vermutungen!«

»Wobei es sich wirklich nur um vage Theorien handelt!« schwächt der Verfassungsschützer ab. »Gehen wir einmal davon aus, es gibt so eine Organisation wie THOR ...«

»Natürlich gibt es die«, schaltet sich Sebastian ein, »ich habe sie doch entdeckt!«

»Du hast Teile eines Netzes entdeckt, das sich offenbar im Aufbau befindet. Aber ob es wirklich den in den Strategiepapieren entwickelten Ansprüchen entspricht, kann heute niemand sagen. Auf jeden Fall ist es eine gefährliche Entwicklung, wobei die Leute von THOR gegen Dutzende von Strafbestimmungen verstoßen. Und – ebenfalls höchst brisant – es handelt sich um Leute, die über großes technisches Know-how verfügen. Inwieweit die Finanziers, zu denen ich etwa Herrn Ungold rechne, von dem wissen oder wissen wollen, was THOR treibt und beabsichtigt, werden wir wohl nie genau herausfinden!« Er nimmt seine Brille ab und putzt sie umständlich. »Und dann merken diese Burschen plötzlich, daß sie einen Hacker im System haben, oder besser gesagt, gehabt haben. Von dieser Situation sollten wir ausgehen!«

»Anhand ihres Protokolls können sie feststellen, daß sich jemand all ihre geheimen Dateien runtergeladen hat«, rekonstruiert Sebastian, »und weil ich so idiotisch war, beim zweitenmal direkt reinzugehen, kennen sie meinen Anschluß!«

»Und von da ist es natürlich eine Kleinigkeit, Sebastians Namen und Adresse festzustellen!« ergänzt Michael.

»Worauf THOR einen seiner Stoßtrupps in Bewegung setzt, mit dem Ziel, alle Beweismittel zu vernichten«, stellt Walter fest.

»Ganz so einfach ist es nicht«, schaltet sich Kathrin ein. »Der Überfall erfolgte ja erst einen Tag nach Sebastians Hack ...«

»Na ja, sie mußten wohl erst einmal die Adresse rauskriegen und dann alles auskundschaften«, meint Peter. »Und sie konnten erst zuschlagen, nachdem Vater und ich zur Arbeit gegangen waren!«

»Vielleicht haben sie auch erst einmal abgewartet, ob

du das Zeug an die Polizei weitergegeben hast, Sebastian«, überlegt Michael. »Und erst, als sie in der Nacht keinen Besuch von den Bullen«, er unterbricht sich schuldbewußt, »pardon, von der Polizei erhielten, hofften sie, noch alles bei dir finden und vernichten zu können.«

»So könnte es gewesen sein«, schaltet sich nun wieder Fincke ein. »Trotzdem bleiben einige Merkwürdigkeiten. Wer auch immer hinter THOR steckt, er konnte doch nie erwarten, mit dem Überfall auf Sebastian alle Spuren zu verwischen. Sebastian wußte nun mal Bescheid, das konnten sie nicht mehr rückgängig machen. Das ›Normale‹ – auch in der rechten Szene – wäre gewesen, einen möglichst geräuschlosen Rückzug anzutreten, jeden Hinweis auf THOR in der Mailbox ›Nationaler Widerstand‹ zu tilgen, die Hausdurchsuchung abzuwarten und THOR anderswo aufzubauen. Nein, man schickt zwei Schläger zu Sebastian und verursacht dadurch noch mehr Aufsehen ...«

»Vielleicht wollten sich die Faschos einfach rächen oder ein Exempel statuieren«, vermutet Peter.

»Vielleicht werden wir dieses Rätsel nie lösen«, setzt Fincke seine Überlegungen fort. »Aber danach ist ja noch etwas sehr Merkwürdiges passiert! Herr Brauneiser kommt zu euch und will – auch wenn wir das nie beweisen können – wissen, ob Sebastian die Täter im Ernstfall wiedererkennen würde. Kathrin sagt, um ihn aus der Fassung zu bringen, er könne sich sehr gut an die beiden erinnern. Kollege Werner hat noch die berechtigte Angst, daß dies euern Freund erneut in Gefahr bringen könne, aber da werden ihm schon die Täter mit Namen und Beweismittel auf dem Silbertablett serviert!«

»Das kommt mir vor wie ein Bauernopfer«, vermutet Alexander.

»Ich verstehe ja nicht so viel vom Schach wie du, aber hat ein solches Opfer nicht immer ein ganz bestimmtes Ziel?« schaltet sich Kathrin ein.

»Genau«, meint Fincke. »Aber was wäre das in diesem Fall für ein Ziel? Ich kann es mir eigentlich nur so erklären, daß sie uns von weiteren Nachforschungen abhalten wollen, weil wir jetzt ja der Öffentlichkeit zwei Täter präsentieren können. Und indem sich der anonyme Anrufer sogar noch von der Tat distanziert und sie als Aktion zweier Wirrköpfe darstellt, bringt er die rechte Szene zumindest etwas aus dem Schußfeld. Aber wie auch immer«, der Verfassungsschützer seufzt, »wir haben weder gegen Brauneiser noch gegen Ungold irgend etwas in der Hand. Die eigentlichen Drahtzieher können also relativ ungestört weitermachen!«

»Aber kann man denn wirklich überhaupt nichts gegen diese Leute tun?« fragt Kathrin empört. »Da findet Sebastian Beschreibungen von politischen Gegnern, die die Neonazis ›zum Abschuß freigeben‹, und daß das keine leeren Worte sind, kann man in jeder Zeitung lesen. Und dann noch Anleitungen zum Bombenbasteln und so! Genügt das nicht, um diese Mailbox und ihre Betreiber aus dem Verkehr zu ziehen?«

»Eines haben die Verbrecher ja erreicht«, meldet sich nun wieder Kommissar Werner zu Wort. »Die direkten Beweismittel, also die Dateien, die sich Sebastian überspielt hat, existieren nicht mehr. Sein Tagebuch zählt da weit weniger. Aber selbst wenn ein Richter diesen Aussagen nicht nur Glauben schenkt, sondern sie auch als Beweismittel zuläßt, können sich die Neonazis rausreden. Das mit ›zum Abschuß freigegeben‹ sei nicht wörtlich gemeint gewesen, und die Anleitung zum Bombenbau habe irgendein Unbekannter in die Mailbox eingespeist.«

»Das ist doch windelweich!« meint Sebastian, dessen Gesicht vor Zorn rot angelaufen ist.

»Aber mit solchen und ähnlichen Argumenten sind die Rechten in anderen Städten schon durchgekommen«, erwidert Fincke bedrückt. »Es nützt ja nichts, was wir oder vielleicht auch das Gericht glauben. Nur was wir hieb- und stichfest beweisen können, führt uns weiter.«

»Könnten nicht Kommissar Keller und seine Leute eine blitzschnelle Hausdurchsuchung machen«, schlägt Kathrin vor. »So wie damals beim Fall Octopus. Da gab es dann mehr als genug Beweise!«

»Wie diese Beweise zustande gekommen sind, darüber denke ich jetzt noch manchmal nach«, meint Keller und wackelt nachdenklich mit seinem Kopf. »Ich habe tatsächlich vor, in den nächsten Tagen – wenn sich die Betreiber von THOR vielleicht in Sicherheit wiegen – eine Hausdurchsuchung zu machen. Nach der Lektüre des Tagebuchs habe ich dafür ein Okay bekommen, das heißt, ich habe von der Staatsanwaltschaft einen Durchsuchungsbefehl erhalten. Aber ehrlich gesagt, ich verspreche mir davon nicht viel. Wir haben es hier mit einem raffinierten und technisch beschlagenen Gegner zu tun, der dafür sorgen wird, daß wir nichts wirklich Gravierendes finden!«

»Dann kommen also die Drahtzieher ungeschoren davon«, meint Kathrin enttäuscht.

»Man muß doch irgend etwas tun können!« sagt Ulli impulsiv.

»Nicht Mann und nicht Frau und vor allem nicht die Rote Sonja und der CHAOS-Computerclub«, sagt Erik Keller eindringlich. »Hier handelt es sich nicht um einen kleinen Trader wie Octopus, sondern um eine gefährliche Organisation, die vor nichts zurückschreckt. Ich bitte euch wirklich dringend, nichts auf eigene Faust zu unternehmen, auch wenn ihr noch so enttäuscht seid. Wir versuchen alles, was in unserer Macht steht – ob das ausreicht, werden wir noch sehen.«

»Dem kann ich mich nur anschließen«, erklärt Theo Fincke. »Das ist ein ewiger Kleinkrieg, den wir von der Polizei da führen. Immerhin haben wir THOR gezwungen, sich für einen Moment zurückzuziehen, ja sogar ein paar Handlanger zu opfern. Und weil wir wissen, daß es so eine Organisation gibt, können wir jetzt auch gezielter nach ihr forschen. Aber das ist eine mühsame Sache mit einem Gegner, der vor wenig zurückschreckt. Denkt an die Heime von Asylbewohnern oder die Häuser ausländischer Mitbürger, die brennen! Also, überlaßt uns jetzt die Sache, so unbefriedigend das für euch auch sein mag!«

Die Stunde der Gaukler

Die Rote Sonja spürt, wie sie von hinten die Leiter hinuntergestoßen wird. Sie kann sich gerade noch mit den Armen abfangen, so daß der Aufprall auf dem Steinboden nicht zu hart wird. Über sich hört sie eine hämische Stimme: »Viel Spaß im Tempel des Phex. Vielleicht findet ihr dort ja Sternenschweif!« Dann wird die Luke in der Dekke zugemacht. Die Abenteurer hören noch, daß schwere Gegenstände auf sie gewälzt werden.

»He, ich bin auf eine Kiste mit Fackeln gestoßen«, ruft Ulli, der Wikinger.

Praios sei Dank, denkt die Rote Sonja, dann haben wir wenigstens Licht. Im flackernden Schein einer Fackel durchsuchen die Abenteurer den Raum, der durch einen kleinen Gang mit einem weiteren Kellergemach verbunden ist. Aber das ist schon alles, was es zu finden gibt.

»Es muß doch noch einen Ausweg geben«, murmelt die Rote Sonja.

»Die Luke da oben ist völlig verrammelt. Die können wir nie anheben«, sagt Peter, der Ritter, keuchend. »Ich habe wirklich alles versucht!«

»Kommt mal alle her«, ruft Walter plötzlich, »ich habe eine Geheimtür entdeckt! Mal sehen, ob ich sie aufbekomme.« Der Gaukler holt ein Bündel mit Dietrichen aus seinem Rucksack, fummelt ein wenig herum und sagt schließlich stolz: »Voilà, der Weg ist frei!«

»Ruhen wir noch ein wenig aus«, schlägt die Rote Sonja vor. Und während es sich ihre Gefährten auf dem harten Boden mit Decken ein wenig bequem machen, öffnet sie ihr Tagebuch:

Tiefhusen, 2. Travia, 18. n. H.
Wahrscheinlich hat uns der Fund des Salamandersteins übermütig gemacht. Glücklich aus der Zwergenbinge entkommen, erreichten wir nach mehreren Tagesmärschen das kleine Städtchen Tiefhusen. In der Kneipe hörten wir von dem Gerücht, daß die legendäre Axt Sternenschweif hier irgendwo verborgen sei. Michael traf einen Mann namens Hensger, der uns in einen verborgenen Tempel führen wollte, wo die Waffe verborgen sei. Wenn ich diesen Typen noch mal treffe! Er zeigte uns zwar einen Geheimgang, überrumpelte uns aber dann und sperrte uns in finstere Katakomben ein. Immerhin gelang es Walter, dem Gaukler, eine Geheimtür zu finden und auch zu öffnen. So ist noch nicht alles verloren!

Kathrin starrt auf den Bildschirm. Irgendwie ist sie nicht recht bei der Sache, sie hat keine große Lust mehr zu spielen. Sie klickt auf das Symbol mit der Diskette, speichert ab und schaltet den Computer aus. Sie denkt an den gestrigen Abend zurück. Nachdem die drei Polizisten gegangen waren, hat sie noch lange mit ihren Freunden zusammengesessen. Stundenlang haben sie überlegt, ob man gegen THOR nicht doch etwas machen könne. Am vernünftigsten erschien ihnen noch die Idee, die ganze Geschichte einem Journalisten anzubieten, der daraus eine aufsehenerregende Story schreiben würde. Kathrin setzt sich in ihren Ohrensessel und sieht zum Fenster hinaus. Es ist schon verdammt schwer einzusehen, daß man rein gar nichts machen kann, denkt sie. Und daß Computer-Erik und seine Kollegen recht haben! Am liebsten würde ich selbst noch einmal versuchen, in die Mailbox reinzugehen und den Burschen einen Virus zu verpassen, der ihre ganze Software völlig durcheinanderbringt!

Das hat sie schon gestern vorgeschlagen. Doch Alexander hat nur gemeint, da könne sie ja auch gleich mit CHAOS-Computerclub oder REDSONJA unterschreiben, die Operateure von THOR würden sofort wissen, wer hinter so einem Virenangriff stecke. Und das ist es ja gerade, was Kathrin so unendlich frustriert. Die Leute um THOR brauchen keine großen Beweise, die schlagen einfach zu, so wie bei Sebastian! Aber die Polizei muß bei der Verfolgung dieser Typen immer korrekt bleiben und kann darum oft wenig gegen sie tun. So langsam wird ihr erst richtig klar, was es bedeutet, wenn sich irgendwelche Leute nicht mehr an die Spielregeln halten, die sonst für alle gelten. Und das mitten in Deutschland, nicht irgendwo in einem Land der Dritten Welt oder in Ex-Jugoslawien. Kathrin fröstelt, obwohl es eigentlich warm ist.

»Telephon für dich!« Die Stimme ihrer Mutter reißt sie aus ihren düsteren Gedanken. Sie läuft die Treppe hinunter, nimmt den Hörer und erkennt sofort, wer es ist.

»Red ein bißchen langsamer und lauter, ich versteh dich kaum, Walter! In den Club soll ich kommen? Eigentlich habe ich keine Lust zum Aufräumen!«

»Würde auch nicht schaden!« Walter lacht. »Aber darum geht es nicht. Michael hat mich eben angerufen und ganz geheimnisvoll getan. Er hätte etwas herausgefunden, und wir sollten doch alle um ein Uhr im Club sein!«

»Hat er gesagt, worum sich's dreht?«

»Nein, aber sicher hat es irgendwas mit der THOR-Geschichte zu tun! Und als ich Alexander verständigt habe, hat der auch was von irgendwelchen Neuigkeiten gebrummt. Er holt Sebastian vorher ab! Ich muß jetzt noch Ulli Bescheid sagen, dann ist der harte Kern vollzählig. Ciao, Bella!«

Kathrins düstere Stimmung ist wie verflogen, sie sieht

auf die Uhr. Erst elf Uhr, zwei Stunden noch. Vielleicht sollte ich wirklich aufräumen, wenn schon nicht im Club, dann doch mein Zimmer! Aber nach einer Stunde hat Kathrin auch davon die Nase voll und stellt ihren Computer wieder an.

»Wie viele Geheimtüren hat denn dieser verdammte Tempel noch?« schimpft Walter. »Ich habe mindestens schon fünf gefunden und geöffnet.«

»Ja, das ist eben die Stunde der Gaukler«, meint der Magier Alexander ironisch.

»Ruhig«, fährt die Rote Sonja ihre Gefährten an, »was ist denn das, am Ende des Gangs?«

Als sie näherkommen, sehen sie eine glühende Inschrift in der Wand: »Zu welcher Zeit und welcher Stunde sieht Phex auf seine Jünger gern herab?«

»Also, die Rätsel werden auch immer leichter«, lacht Walter. »Die Zeit des Diebesgottes, das ist die Nacht.« Von Ferne hört die Rote Sonja ein Rumpeln, so als ob sich eine schwere Tür öffnet ...

»Was, in der Nacht? Du mußt ja wirklich total verrückt sein!« schimpft Kathrin. »Wenn man dich nun erwischt hätte!«

»So schnell lasse ich mich schon nicht erwischen«, erklärt Michael selbstbewußt. »Und im Brockenhochhaus kenne ich mich gut aus. Ich habe in den Ferien dort als Nachtportier gearbeitet! Und außerdem wollte ich ja nicht irgendwo einbrechen, sondern mir nur mal die Verteilerstation ansehen!«

»Nur mal ansehen!« wiederholt Kathrin und schüttelt den Kopf.

»Jetzt laß ihn doch erst erzählen«, meint Sebastian und

nickt Michael aufmunternd zu. Auch die anderen, die sich im CHAOS-Computerclub eingefunden haben, warten gespannt.

»Ich konnte natürlich gestern abend nicht schlafen«, beginnt Michael, der die Aufmerksamkeit der anderen sichtlich genießt. »Und ganz in der Nähe von uns ist ja das Brockenhochhaus ...«

Kathrin nickt, jeder kennt schließlich diesen einundzwanzigstöckigen Bau aus Glas und Beton, der die ganze Südstadt überragt.

»... und ich habe natürlich gewußt, daß dort Ungolds Zeitungen ihre Büros haben. Aber daß auch Brauneisers Firma dort logiert, war mir während meines Ferienjobs nicht aufgefallen. Was ich aber kannte, war die große Verteilerstation der Post in einem kleinen Raum neben der Tiefgarage. Und daß unser gelber Riese, Telekom heißt das Ding ja jetzt, seine Stationen nicht besonders schützt, ist Eingeweihten schon längst kein Geheimnis mehr!«

»Du bist also in eine Verteilerstation der Telekom eingebrochen«, stellte Alexander fest. »Und mit welchem Ziel?«

»Eigentlich wollte ich nur mal schauen, wie die Leitungen so laufen. Und ob man vielleicht irgendwie ein kleines Gerät anbringen kann, das uns den Zugang zur Mailbox erleichtert ...« Michael grinst und meint: »Eingebrochen bin ich nicht, die Tür war nämlich zu meiner Überraschung offen. Dann habe ich Stimmen hinter mir gehört und mich in die Rumpelkammer neben dem Aufzug verdrückt. Und wißt ihr, wen ich da sehe, kurz nach Mitternacht? Brauneiser!«

»Bist du dir ganz sicher?« fragt Kathrin. »Und was hat er da gemacht?«

»Nicht ganz, aber doch fast das, was ich auch wollte. Er

und ein anderer, den ich nicht kenne, haben sich in der Verteilerzentrale zu schaffen gemacht, dort, wo die Nebenstellenanlagen sind. Erst habe ich gar nicht gecheckt, was sie machen. Aber dann habe ich die kleinen Dinger erkannt, die sie da abklemmten. Jeder Phreaker kennt diese Maschinchen: Dialer!«

»Versteh ich nicht«, meint Sebastian.

»Sie haben wenig gesprochen, und ich wollte auch nicht näher hin. Brauneiser zu begegnen, war nämlich das letzte, was ich erwartet habe. Aber als sie weg waren, habe ich mir alles genau angeschaut, und ich glaube, ich kann mir schon einen Reim drauf machen!«

»Mach's nicht so spannend!« drängt Ulli.

»In diesem kleinen Raum liegt das Geheimnis für die sagenhaften Erfolge des Jungunternehmers Brauneiser, und vielleicht nicht nur in diesem! Wenn du nämlich so einen Dialer an eine Nebenstelle anklemmst und den Code knackst, um eine Amtsleitung zu bekommen – das ist mit dem Compi eine Sache von einer, höchstens zwei Stunden –, dann kannst du kostenlos in alle Welt telephonieren. Und wenn du das bei der Nebenstelle einer großen Firma machst – im Brockenhochhaus gibt es davon ein Dutzend – dann fällt das auch nicht auf. Die haben sowieso tägliche Telephonrechnungen von ein paar tausend Mark.«

»Also gut, Brauneiser kann kostenlos telephonieren«, meint Kathrin, »das spart vielleicht Geld, aber reich wird man davon nicht!«

»Klar, die meisten Phreaker brauchen solche Mittelchen nur, damit sie im Internet herumtoben können, ohne dafür zu blechen«, erwidert Michael. »Aber neulich habe ich in meiner Mail einen Brief von Diablo – das ist ein Phreaker-Oberguru aus Mexiko – gefunden. Der hat genau beschrieben, wie so ein Deal funktioniert. Beteiligt sind eine Sextelephonfirma irgendwo in der Karibik, die ausländische Tochterfirma eines hiesigen Unternehmers wie unseres smarten Brauneisers und last, but not least, die Telekom. Also, mit Hilfe des Dialers wird in unregelmäßigen Abständen, am besten nach Büroschluß, über eine Amtsleitung der Firma, an dessen Nebenstelle das kleine Maschinchen klemmt, ein Sextelephon angerufen, sagen wir mal in den kleinen Antillen. Gebühren vielleicht zwei Mark die Minute! Davon erhalten der Betreiber des Sextelephons rund eine Mark vierzig und unsere Telekomiker sechzig Pfennig. Brauneisers Tochterfirma, vielleicht auf den Cayman-Inseln ansässig, bekommt von der Telephonsexfirma dafür, daß sie die Anrufe erzeugt, die Hälfte vom Kuchen, also siebzig Pfennig. Macht pro Nacht und Dialer bei rund hundert Minuten siebzig Märker Gebühren, die in einem großen Büro kaum auffallen. Stell dir vor, Brauneiser macht das im Brockenhochhaus bei vielleicht zwanzig Firmen, dann ergibt das im Monat ungefähr – ich war im Kopfrechnen auch schon mal besser – 42 000 Mark!«

»Und das funktioniert?« staunt Kathrin.

»Und ob das funktioniert«, erwidert Michael, »zumindest, bis die Telekom zugibt, daß so was überhaupt möglich ist. Im Moment weigert sie sich schlicht, die Tatsachen zur Kenntnis zu nehmen. Wetten, daß das noch einen Riesenskandal gibt!«

»Glaube ich auch«, stimmt Alexander zu. »Computer-Erik ist im übrigen schon an solchen Fällen dran, aber er hat noch Mühe, die Staatsanwaltschaft von solchen Manipulationsmöglichkeiten zu überzeugen. Auf jeden Fall paßt das genau zu dem, was ich über Brauneisers Firma herausbekommen habe!«

»Du hast also auf eigene Faust weiterrecherchiert«, staunt Kathrin. »Langsam komme ich mir schon komisch vor, weil ich mich an unsere Abmachung gehalten habe, gegen THOR nichts mehr zu unternehmen!«

»Habe ich ja auch nicht«, gibt der Prof zurück. »Ich habe nur ein paar Erkundigungen eingezogen!«

Jetzt blicken alle neugierig auf Alexander, der nun seinerseits die Aufmerksamkeit genießt. »Ich habe zunächst einmal nur in Datenbanken herumrecherchiert und versucht, eine Beziehung zwischen Wilhelm Ungolds Presseimperium und Brauneiser herzustellen. Computer-Erik hat mir übrigens dabei geholfen, er ist ja erst durch uns oder besser durch Sebastians Tagebuch auf eine solche mögliche Verbindung gestoßen. Der Alte kann übrigens wirklich ganz schön gut hacken!« Der Prof stößt ein bewunderndes Lachen aus. »Und er hat natürlich Zugang zu Datenbanken, wo auch ein wirklicher Hackercrack nur schwer reinkäme. Also, das Ergebnis unserer mitternächtlichen Session war ein Diagramm.«

Alexander steckt eine Diskette ins Laufwerk und tastet ein paar Befehle ein. Kathrin beugt sich vor, als Alexander erklärt: »Das hier sind also einige von Ungolds deutschen Unternehmen.« Auf dem Bildschirm liest sie:

Vaterländische Zeitung
Deutscher Literaturzirkel
Mailbox Nationaler Widerstand
Ungolds Fahnenfabrik
Vereinigung freigeistiger Deutscher

»Und all diese Firmen haben ein gemeinsames Dach, dessen Sekretariat übrigens auch im Brockenhochhaus ist«, erklärt Alexander weiter, »nämlich die ›Deutsche Unternehmergruppe Ungold Holding‹, und der gehört auch 51 Prozent des Aktienkapitals der ›Nation Europe Holding‹, Luxemburg. Und diese saubere Firma kontrolliert wiederum eine Reihe von Subunternehmen. Schaut mal her!«

Free People Corporation/Phoenix, USA
Traditional National Enterprises/London

»Und genau an diesem Punkt ergab sich die Schnittstelle. Auch Brauneisers Firma hat nämlich ihre ausländischen Ableger. Zunächst einmal gibt es da eine CSHAF Austria und eine CSHAF Suisse, die alle von einer gemeinsamen Mutterfirma in Liechtenstein geführt werden, einer Briefkastenfirma namens ›Trend Computer Corporation‹. Normalerweise enden in Liechtenstein alle Spuren, denn da gibt es wirklich noch ein Bankgeheimnis. Übrigens im Gegensatz zur Schweiz, die sich – ich zitiere hier nur Hauptkommissar Keller – Rechtshilfeersuchen gegenüber immer zugänglicher zeigt. Aber die ›Trend Computer Corporation‹ ist offenbar der Wirtschaftsabteilung von Scotland Yard in anderem Zusammenhang schon aufgefallen. Von dort haben wir eine dritte Linie her, die vom Indischen Ozean bis ins kleine Liechtenstein führt. Da gibt es auf den Komoren nämlich eine ›Joy and Fun Limited‹, also einen Telephonsexanbieter, der monatlich einige zehntausend Pfund an besagte ›Trend Computer Corporation‹ zahlt. Er macht dies freilich nicht direkt, sondern über ein anderes Unternehmen, das rund fünfundzwanzig Prozent der Summe behält. Und das sind die ›Traditional National Enterprises‹ in London, eine Ungold-Tochterfirma!«

»Wow!« meint Ulli. »Dann können wir also beweisen, daß Brauneiser und Ungold zusammenhängen!«

»Für uns können wir das nun«, bestätigt Alexander, »aber ob uns irgendein Richter das als Beweis abnehmen würde, weiß ich nicht!«

»Aber das wäre doch schon Material für die Presse«, meint Ulli, »zusammen mit dem, was Michael rausgekriegt hat.«

»Ich habe doch gesehen, wie Brauneiser seine Dialer abgebaut hat!« erklärt Michael. »Jetzt ist im Verteilerraum des Brockenhochhauses wieder alles clean. Ich denke, Brauneiser hat in den letzten Tagen nichts anderes getan, als alle seine Spuren zu beseitigen.«

»Und damit er dafür Zeit gewinnt und einstweilen Ruhe hat, hat er der Polizei die beiden Skins auf dem silbernen Tablett serviert«, vermutet Kathrin. »Solange sie mit den beiden beschäftigt sind, kommen sie nicht dazu, seinen krummen Geschäften nachzugehen. Aber wer ist dann Brauneiser wirklich? Ein rechter Vogel oder nur ein krummer Hund? Und hat er überhaupt etwas mit THOR zu tun?«

»Ich glaube, das kann ich euch sagen«, meldet sich Walter zu Wort. »Ich habe nämlich auch eine schlaflose Nacht hinter mir!«

Kathrin sieht erst Walter an, der betont unschuldig dreinblickt, und dann ihre anderen Freunde, deren Mundwinkel verdächtig zu zucken beginnen. Erst versucht sie, sich noch zu beherrschen, dann prustet sie los und kann fast nicht mehr aufhören zu lachen. Die ganze Spannung, in der sie seit Tagen stecken, scheint sich in Lachsalven zu entladen. Mühsam bekommt Kathrin sich wieder unter Kontrolle, wischt sich ein paar Lachtränen aus den Augenwinkeln und meint mit heiserer Stimme: »Ihr seid mir schon ein paar Helden. Jeder verspricht hoch und heilig, nichts zu unternehmen, was auf die Spuren

THORS führt, und dann rückt einer nach dem anderen mit seinen nächtlichen Aktionen heraus! Wie steht es übrigens mit dir, Ulli? Was hast du zu beichten?«

»Also, ich habe ausgiebig geschlafen«, erwidert der, »aber heute morgen ...«

»Warte einen Moment«, unterbricht ihn Kathrin und kann gerade noch verhindern, daß sie der Lachkoller wieder erfaßt, »immer der Reihe nach. Hören wir uns einmal Walters Erzählungen an!«

»Na ja, mich hat einfach dieses rechte Netzwerk interessiert, dieses Thule-Netz. Ich wollte mir einmal die anderen Mailboxen ansehen und schauen, wie die gesichert sind, wie die Connections untereinander laufen und ob sich vielleicht auch dort irgendwelche THOR-Files finden. Und ich war gar nicht so erfolglos, wie mein Protokoll zeigt!« Walter hackt ein bißchen auf der Tastatur herum, bis sich auf dem Monitor ein großes Kreuz zeigt. »Die deutsche Reichskriegsflagge«, erklärt Walter. »So wird jeder empfangen, der sich bei ›Silesia‹, so heißt diese Mailbox, einloggt.«

»Du bist doch nicht etwa direkt von hier aus reingegangen«, fragt Sebastian besorgt.

»Nein, natürlich nicht! Ich habe mich im Krebsforschungsinstitut eingenistet, das schien mir in diesem Fall sehr passend. Von dort aus bin ich auf einen Arbeitsplatz der FU Berlin, und erst dann habe ich mich nach Osten Richtung ›Silesia‹ begeben.«

»Silesia?« fragt Ulli, »was heißt denn das?«

»Ja, wenn unsere Jugend kein Latein mehr lernt«, wirft Alexander ironisch ein. »Silesia, das ist Schlesien.«

Der Prof hat seinen Spitznamen zu Recht, denkt Kathrin.

»Auf jeden Fall ist das offenbar eine recht kleine Mailbox, aber sie ist sehr ähnlich eingerichtet wie der ›Nationale Widerstand‹. Da zeigt sich auch, daß diese Leute verbunden sind. Aber seht selbst!« Walter drückt auf ein paar Tasten, bis auf dem Monitor ein neues Bild erscheint.

HERZLICH WILLKOMMEN BEI SILESIA!
DAS GANZE DEUTSCHLAND MUSS ES SEIN!
Dieses ist eine Mailbox für national gesinnte Menschen. Falls Du Dich nicht mit diesem Begriff identifizieren kannst, so trenne bitte gleich die Verbindung.

»Erst wollte ich mich schon als Manfred Brauneiser registrieren lassen, aber dann dachte ich mir einen Namen und eine Adresse aus ...«

»Das werden die doch morgen merken, wenn sie deine Daten überprüfen«, wirft Sebastian ein. »Und dann wissen, daß sich ein Fremder eingeloggt hat!«

»Na und?« meint Walter. »Passiert doch in unserer Mailbox auch jeden Tag. Da will jemand seinen Namen nicht nennen und sieht sich in dem Bereich um, der öffentlich zugänglich ist. Also, dann war ich im Menu.«

000 Öffentliche Post
001 Brief an Sysop
002 Fundgrube
003 Witzecke
004 Strategie und Taktik
005 Mehr über uns
HINWEIS: Brett öffentliche Post wird an alle anderen Boxen des Thule-Netzes weitergeleitet!

»Ich sah mich eine Weile um, aber das meiste ist wirklich ätzend blöde. Und dann kam ich natürlich auch an die Hürde, vor der du auch gestanden bist, Sebastian. Das

Paßwort, das nur die registrierten Benutzer kennen. Ich probierte es erst mit SIEGHEIL und ähnlichen Faschosprüchen mit acht Buchstaben. Dann passierte mir etwas Merkwürdiges, ich probierte es mit SILESIA ...«

»Das muß einen ganz schönen Programmabsturz geben, wenn man den Namen der Mailbox als Paßwort nimmt«, brummt Ulli.

»Eben«, meint Walter, »aber schaut selbst!«

WARNUNG!

Du versuchst, in unser System einzudringen, ohne registriert zu sein. Dies ist verboten!!! Diese Mailbox ist eine befreite Zone! Gegen Saboteure und Spione wird unnachgiebig vorgegangen!!!

»Ziemlich viele Ausrufezeichen für meinen Geschmack«, sagt Michael.

»Aber auch eine Drohung«, meint Alexander. »Offenbar haben die Burschen bei ganz offensichtlichen Paßwörtern solche Programmschleifen eingebaut ...«

»... und sicher auch ein paar elektronische Alarmklingeln. Auf jeden Fall werden sie all deine Bewegungen protokolliert haben«, meint Kathrin. »Ich hätte mich an dieser Stelle schleunigst verzogen!«

»Habe ich auch gemacht«, erwidert Walter. »Aber dann hat es mich doch noch einmal gejuckt. Ein mögliches Paßwort, auf das allerdings nur Eingeweihte kommen können, wollte ich noch probieren. Also habe ich auf einem neuen Weg – diesmal via Uni Dresden – ›Silesia‹ besucht. Und dann tippte ich THOR ein und hatte damit durchschlagenden Erfolg. Genauso wie vorher Sebastian konnte ich mich nun wie ein Sysop in der Mailbox bewegen!«

»Vielleicht hat THOR, also die Guppe, die sich so nennt«, überlegt Kathrin, »sogar diese ganze Mailbox eingerichtet?«

»Nicht nur vielleicht«, sagt Walter. »Ich bin mir da inzwischen ziemlich sicher. Ich habe einige der Dateien gefunden, auf die auch Sebastian gestoßen ist, etwa unerw.dtb, die Datenbank mit den Angaben zu den politischen Gegnern. Zwei Dateien aber waren besonders interessant. In einer wird der Aufbau der Mailboxen beschrieben und die Philosophie, die dahintersteckt ... Schaut euch das doch mal an!«

...müssen die befreiten Mailbox-Zonen genauso eingerichtet werden wie unsere Bewegung. Die nationale Bewegung besteht in der Regel aus drei Kreisen: Einem lockeren Sympathisantengürtel von Leuten, die irgendwie mit uns in Kontakt stehen und von uns betreut werden. Dann kommen die auch gegen außen sichtbaren Organisationen – also Parteien, Gesprächszirkel, Frauen- und Jugendverbände. Und schließlich der harte Kern, der planerisch und konspirativ tätig ist und nach außen hermetisch abgeschirmt sein muß.
Analog gilt für unser Mailbox-System: Es muß einen Bereich für Sympathisanten geben, der besonders attraktiv gemacht werden soll und in dem jedermann herumschnuppern kann. Dann gibt es einen Bereich für registrierte Benutzer, national gesinnte Kameraden, die von uns überprüft worden sind. Ihnen stehen alle politischen Informationen, Strategiepapiere und Diskussionsmöglichkeiten offen. Auf dieser Ebene können auch Anweisungen und Hinweise betr. nationale und regionale Veranstaltungen und Ereignisse erfolgen. Die dritte Ebene ist der konspirativen Arbeit von THOR vorbehalten. THOR kontrolliert und sichert alle

Namen und Daten und schützt das Netz vor unerwünschten Eindringlingen mit allen gebotenen Mitteln ...

»Mit allen Mitteln!« murmelt Kathrin und sagt dann laut: »Bei dir haben sie das wahrgemacht, Sebastian. Diesen Text müssen wir unbedingt Computer-Erik geben ...«

»Der wird uns die Ohren abreißen, wenn er erfährt, daß wir weiter in Richtung THOR suchen«, meint Ulli.

»Glaub ich nicht«, kontert Alexander, »immerhin hat er ja mit mir zusammen die halbe Nacht recherchiert. Der weiß doch, daß es uns einfach in den Fingern juckt. Wichtig ist nur, daß wir wahnsinnig vorsichtig sind und nicht aktiv werden, also THOR nicht irgendeinen Virus ins System setzen oder Dateien verändern!«

»Ihr habt doch vorhin gefragt, ob es irgendeinen Link zwischen THOR und Brauneiser gibt«, mischt sich Walter ins Gespräch. »Den habe ich gefunden!«

Jetzt hat der Sysop des CHAOS-Computerclubs wieder alle Aufmerksamkeit. »Es gibt eine Datei, auf der alle Mailboxen, die zum THOR-Netz gehören, verzeichnet sind. Das sind natürlich größtenteils rechte Mailboxen, die ohnehin allgemein bekannt sind. Und zwar mit ihren Nummern, leider ohne Paßwörter. Und da fand ich neben so illustren Namen wie ›Silesia‹, ›Nationaler Widerstand‹ und ›Viertes Reich‹ auch fünf unscheinbare Buchstaben: CSHAF.«

»Volltreffer«, ruft Ulli begeistert. »Die unscheinbare Firma hängt also mittendrin, ist vielleicht sogar die Spinne im THOR-Netz!«

»Das könnte durchaus sein«, stimmt Alexander zu, »das schreit doch geradezu nach einem Hack! Oder warst du etwa schon bei Brauneiser zu Besuch, Walter?«

»Das wollte ich doch ohne euch nicht machen«, erwidert Walter. »Außerdem brauchen wir da wohl all unser Know-how, um rein- und vor allem wieder rauszukommen, ohne daß es jemand checkt! Dafür habe ich noch etwas anderes gemacht. Ich habe mich von ›Silesia‹ in den ›Nationalen Widerstand‹ eingeloggt und SIEGHEIL eingegeben. Stellt euch vor, all die Dateien, die Sebastian gefunden hat, sind noch da!«

»Diese Burschen sind entweder ziemlich unvorsichtig«, kommentiert der Prof, »oder wahnsinnig überheblich ...«

»Hast du schon einmal gesagt«, fällt ihm Ulli ins Wort.

»Entweder wissen sie nicht, wie Sebastian bei ihnen reingekommen ist, sonst hätten sie das Paßwort geändert, oder ... Ich kann das einfach nicht glauben!«

»Vielleicht wissen sie es wirklich nicht«, meint Kathrin nachdenklich, »und sie haben ein paar Programmschleifen eingebaut!«

»Unsere Superprogrammiererin meldet sich zu Wort«, spöttelt Ulli.

»Zum Beispiel ein Programm, das sich sofort meldet, wenn jemand das alte Paßwort verwendet.« Kathrin läßt sich nicht beirren. »Vielleicht soll nur vorgetäuscht werden, alles sei noch so wie früher. Vielleicht sind die Dateien jetzt entschärft! Oder das Programm verhindert jedes Abkopieren, wenn du dich mit dem alten Paßwort meldest. Es gibt Hunderte von Möglichkeiten. Aber daß THOR das alte Paßwort aus Dummheit oder Nachlässigkeit stehenläßt, glaube ich nicht!«

»Wir werden's erst erfahren, wenn wir vorsichtig reingehen«, meint Alexander, »aber das sollten wir wirklich in aller Ruhe tun, diesmal darf nichts schiefgehen dabei.«

»Und wir sollten auch die richtige Zeit dafür wählen«, meint Kathrin, »also nach Büroschluß. Vielleicht ist es am besten, wenn wir uns heute so um acht Uhr abends hier treffen?«

»Das ist allerdings der spätestmögliche Zeitpunkt«, sagt der Prof. »Ich habe von Computer-Erik läuten gehört, daß er morgen früh die Mailboxen im Brockenhochhaus beschlagnahmen will. Er kann ja jetzt gleich Brauneisers B.B.S. mit hochgehen lassen, wenn ich ihm Walters Informationen bringe. Aber vielleicht finden wir ja noch mehr raus! Ich geh jetzt gleich zu Keller!«

»Hey, nicht so schnell! Ulli wollte doch auch noch etwas erzählen!« protestiert Sebastian.

»Gegen das, was ihr rausgefunden habt, ist das natürlich nichts«, meint Ulli und streicht sich mit der rechten Hand über seinen Zopf. »Ich habe nur ein paar Anrufe gemacht. Ich wollte wissen, wer Brauneiser eigentlich das ganze Equipment geliefert und eingerichtet hat. Waren Kumpels von mir, die PC-NETWORK. Ist vielleicht ganz gut, die Hardware und die Architektur zu kennen, bevor man tiefer in ein fremdes System einsteigt.«

»Nicht schlecht«, stellt Michael fest, »das werden wir brauchen können heute abend. Also dann, bis acht Uhr!«

Wenig später ist der Clubraum bis auf Kathrin und Sebastian leer.

»Du brauchst nicht wegen mir hierzubleiben«, meint Sebastian verlegen. »Peter holt mich erst um ein Uhr ab. Wir wollen dann auch den Tower mitnehmen, den Michael für mich zusammengebastelt hat!«

Auch Kathrin fühlt sich nicht ganz wohl. Sie kann Sebastian wirklich gut leiden, aber …

»Wie wär's mit einem Spielchen? Allerdings bin ich inzwischen natürlich schon ein bißchen weiter als du!«

Sebastian nickt und rollt zum Computer. »Du mußt mir die Situation einfach kurz erklären.«

Kathrin legt eine Silberscheibe ins CD-ROM-Laufwerk und lädt das Programm. »Nun, meine Party ist gerade im Phex-Tempel in Tiefhusen und sucht verzweifelt einen Ausgang ...«

»Was für ein Fund«, ruft Walter begeistert. Der Gaukler hat eine Truhe geöffnet, in der ein Lederwams, ein Schwert und ein goldener Helm liegen.

»Das ist eine der legendären Rüstungen des Diebesgottes«, sagt Ulli, der ein Fachmann für Waffen aller Art ist.

»Speziell für Leichtgewichte wie Gaukler und sonstiges Gesocks!« Walter streift das Lederwams über und setzt den Phex-Helm auf. »Tatsächlich, ich fühle direkt, wie ich viel beweglicher und geschickter werde!«

In diesem Moment hört die Rote Sonja ein Brausen, im einzigen Ausgang dieser Höhle erscheint ein Poltergeist, der höhnt: »An mir kommt ihr nicht vorbei, keine Waffe kann mich verletzen!«

Und so sehr Ulli auch seine mächtige Axt schwingt und Peter mit dem magischen Schwert, das er vom Elfen Artherion erhalten hat, zuschlägt, ihre Hiebe gehen durch den Poltergeist hindurch. Die Gruppe ist gefangen.

»Jetzt weiß ich wirklich nicht mehr weiter«, jammert Walter, der Gaukler.

»Vielleicht sollten wir Zauberei mit Zauberei begegnen«, überlegt die Rote Sonja. Sie hebt ihre beiden Hände und murmelt: »Manes, exacti sitis.« Mit einem gräßlichen Schrei löst sich der Poltergeist in Luft auf.

»Du hast es mit dem Spruch ›Geister austreiben‹ versucht«, meint Alexander. »Und es hat auf Anhieb geklappt!«

Die Rote Sonja nickt. »Aber nicht alle Geister lassen sich so leicht vertreiben!«

Red Sonja gegen THOR

Schon kurz vor acht Uhr abends sind alle im Raum des CHAOS-Computerclubs versammelt. Alexander, der Sebastian und Peter abgeholt hat, ist als letzter hereingekommen und hat die Tür sorgfältig hinter sich zugeschlossen. Kathrin kann die Spannung im Raum förmlich spüren und merkt sie auch ihren Freunden an. Walter rückt die Stühle vor dem Computer hin und her, Ulli löst das Band um seine langen Haare und bindet sich den Zopf immer wieder neu. Michael, der sonst immer mit einem Dreitagebart herumläuft, streicht sich über das glattrasierte Kinn und spielt mit seinem Armreif herum. Alexander sitzt vor dem Keyboard und macht wie ein Pianist vor dem Konzert Fingerübungen. Neben ihm kauert sich Sebastian in seinen Rollstuhl – er kommt Kathrin heute besonders klein und verletzlich vor. Sein Bruder Peter sitzt mit starrem Blick da und kaut auf den Fingernägeln, ohne es zu merken.

»Na, dann wollen wir mal«, sagt der Prof. »Zuerst Walter, er hat den Weg vorbereitet!«

»Daß wir von außerhalb der Stadt kommen müssen, ist völlig klar«, erklärt der Sysop. »Ich habe sogar erst überlegt, ob wir einen Umweg über irgendein ausländisches Land nehmen sollen. Aber das war mir dann doch zu kompliziert. Vor gut einer Stunde habe ich mich vom Uni-Rechenzentrum aus in der Technischen Hochschule München eingeloggt, und zwar als ein hiesiger Professor, der allerdings vor ein paar Wochen gestorben ist. Sein Paßwort ist aber nach wie vor gültig! Und jetzt wähle ich von München aus den ›Nationalen Widerstand‹ an ...«

HERZLICH WILLKOMMEN IM NATIONALEN WIDERSTAND!
Dies ist eine Mailbox für national gesinnte Menschen. Falls Du Dich nicht mit diesem Begriff identifizieren kannst, so trenne bitte gleich die Verbindung.
Wenn Du Dich zur Mitarbeit entschließen solltest, so wähle bitte im Hauptmenü den Menüpunkt »Registrierung«. (›*‹-Taste drücken). Nach der Überprüfung Deiner Daten stehen Dir dann wesentlich mehr Bereiche dieser Box zur Verfügung.

Alexander streckt noch einmal die Finger, dann tauscht er mit Walter den Platz und setzt sich an die Tastatur. Er sieht die anderen an und tippt dann SIEGHEIL ein.

Zufrieden lehnt sich Kathrin in ihrem Stuhl zurück, als das Bildschirmmenü verschwindet. Aber gleich darauf zuckt sie zusammen, denn auf dem Monitor erscheint etwas völlig anderes, als sie erwartet hat.

ZUR ALLGEMEINEN BEACHTUNG
Mord, Totschlag und Volksverhetzung sind strafbar. Die Polizei darf bei diesen Delikten sogar Telephone überwachen. Strafbar ist nach Paragraph 86 StGB auch bereits das Verwenden von Symbolen nationalsozialistischer Organisationen. Darunter fällt auch der von Ihnen verwendete Gruß SIEGHEIL.

»So eine Scheiße«, entfährt es Sebastian spontan, auf seinem Gesicht macht sich tiefe Enttäuschung breit.

Kathrin geht es ähnlich, doch sie faßt sich als erste. »Die wollen uns verarschen«, meint sie schließlich. »Die haben deinen Hack gestern abend gemerkt, Walter, und die THOR-Files abgeräumt.«

»Und zwar nicht ohne uns eine kleine Nachricht zu hinterlassen«, ärgert sich Alexander. »Aber so schnell geben wir nicht auf. Soll ich beim nächsten Versuch THOR eingeben?«

»Geh erst einmal raus«, empfiehlt Ulli, »sonst finden die noch irgendeinen Dreh, sich an uns anzuhängen!«

»Wüßte nicht, wie!« meint Alexander.

»Denen traue ich inzwischen alles zu«, meint der völlig frustrierte Walter, »und ich Hirsch bin schuld mit meiner saudummen Neugier!«

»Du brauchst dir keine Vorwürfe zu machen«, versucht Kathrin ihn zu trösten. »Das war ganz eindeutig gestern schon ein Fangprogramm. Wir hätten nichts, aber auch gar nichts rausbekommen!«

»Also«, Alexander räuspert sich, um sich so Gehör zu verschaffen, »soll ich es noch einmal versuchen und diesmal mit THOR?«

»Nein, warte lieber«, meint Kathrin, »ich bin mir ziemlich sicher, daß diese Mailbox inzwischen absolut frei von allem ist, was sich vor Gericht irgendwie gegen die Neonazis verwenden läßt.«

»Wieso glaubst du das?« erkundigt sich Peter.

»Weibliche Intuition!« witzelt Kathrin. »Nein, ganz im Ernst, ich halte diese THOR-Leute wirklich für überheblich. Sonst hätten sie uns nämlich diesen Text nicht dagelassen. Aber damit ärgern sie uns nicht nur, sie sagen auch etwas über sich aus. Nämlich, daß sie sich in den Strafgesetzen sehr genau auskennen und im Grunde genommen eine Überwachung erwarten. Ich denke auch, daß der Text nicht speziell auf uns gemünzt ist, sondern vor allem auf Versuche der Polizei, sich Zugriff zu dieser Mailbox zu verschaffen!«

»Könnten wir nicht«, schlägt Walter fast zaghaft vor,

»besser in diese ›Silesia‹ reingehen? Dort erwarten sie vielleicht keinen Versuch!«

»Gute Idee«, meint Alexander und beginnt, als die anderen nicken, die Mailbox im Osten Deutschlands anzuwählen.

HERZLICH WILLKOMMEN BEI SILESIA!
DAS GANZE DEUTSCHLAND MUSS ES SEIN!

»Zweiter Versuch«, sagt Alexander und tippt, als er nach dem Paßwort gefragt wird, THOR ein.

Kathrin hält die Luft an, die Sekunden, bis sich eine Schrift auf dem Bildschirm aufbaut, scheinen ganz langsam zu verstreichen. Dann wird sie blaß, sie beginnt fast ein bißchen zu zittern, als sie liest, was auf dem Monitor steht.

THOR, auch DONAR, altsächsisch THUNAR, neben ODIN (WOTAN) der bedeutendste germanische Gott aus dem Geschlecht der ASEN. Der Name deutet darauf hin, daß der Gott seine Macht im Donner offenbarte. Im altnordischen Mythos waren der Hammer und ein von Böcken gezogener Wagen seine Attribute. Als kräftigster der Götter fiel ihm die Aufgabe zu, die Welt der Götter und Menschen gegen Riesen, Ungeheuer und Untermenschen zu verteidigen. THOR war ein schützender und helfender Gott. Feinde, Verräter und Juden aber bekamen die Macht seines Hammers zu spüren!

»Als ob sie auf uns gewartet hätten«, sagt Alexander enttäuscht und kappt die Verbindung. »Aus und Ende!«

»Wir sind zu spät«, jammert Walter, »ein bißchen zu spät! Sie haben sich aus allen ihren B.B.S. zurückgezogen.«

Alexander nickt. »Sie rechnen mit der Polizei. Und die sollen in diesen Mailboxen nichts mehr finden, was auf THOR hinweist!«

»So, als ob es THOR nie gegeben hätte«, meint Sebastian bitter. »Da sind wir mit unserem Hacker-Latein am Ende. War doch eine Schuhnummer zu groß!«

Alle verfallen in ein brütendes Schweigen, und schließlich meint Alexander: »Dann können wir unsere Versammlung für heute auflösen. Ich will zu Computer-Erik und ihm sagen, was ihm vermutlich morgen blüht!«

»Aber irgendwo muß THOR noch existieren«, sinniert Kathrin. »Die vernichten doch nicht einfach ihre ganzen Dateien, die kopieren die doch irgendwohin!«

»Wahrscheinlich schon«, antwortet Walter, »aber auf irgendwelche Disketten oder besser – bei dieser Datenmenge – auf eine auswechselbare Harddisk.«

»Oder ...« Kathrins Stimme wird so laut, daß sich Alexander, der schon aufgestanden ist, erschrocken zurück in seinen Stuhl fallen läßt. »Oder es gibt eine Mailbox, die jetzt noch alles enthält. Eine, von der die THOR-Leute glauben, daß wir keinen Schimmer von ihrer Existenz haben, weil sie nichts mit dem rechtsradikalen Netzwerk zu tun zu haben scheint ...«

»Du meinst ...« sagt Alexander zögernd, »Brauneisers Mailbox, die CSHAF-Mailbox?«

»Genau«, erwidert Kathrin eifrig, »wenn die Daten irgendwo sind, dann dort. Natürlich gut abgeschirmt!«

»Vielleicht hast du recht«, meint Sebastian, dem man seine Enttäuschung immer noch ansieht. »Aber wir haben doch keinen Schimmer, wie wir da reinkommen sollen. Das ist ja keine öffentlich zugängliche Mailbox, da können sich nur Geschäftspartner einloggen und Mails hinterlassen, ohne jede Zugriffsmöglichkeit.«

Alexander nickt. »Ich sehe da auch keinen Weg!«

»Aber ich«, sagt Ulli plötzlich. »Nehmen wir doch die bekannteste Hintertür aller Hacker!«

Kathrin begreift als erste. »Du meinst als Wartungsfirma? Mit SERVICE oder einem ähnlichen Paßwort? Das hat vor zwei oder vielleicht einem Jahr noch funktioniert, aber heute doch nicht mehr!«

»Ich habe euch doch von meinen Anrufen heute morgen erzählt«, erwidert Ulli. »Die Firma PC-NETWORK hat Brauneiser alles geliefert ...«

»Und du kennst das Paßwort, mit dem sie sich einloggen können?« fragt Alexander ungläubig.

»Weil ich da mal gejobbt habe, könnte ich mir einige Paßwörter vorstellen«, antwortet Ulli betont bescheiden. »Freilich gibt es da noch ein Problem.«

»Aha, ein kleines Problemchen. Was denn?« fragt Walter spitz. Ullis Gehabe scheint ihm langsam auf die Nerven zu gehen.

»Die Nummer, mit der sich die Firma beim Kunden anmeldet!«

»Wieso?« fragt Sebastian. »Die wählen doch einfach die Mailbox an wie jeder andere auch und geben dann ihr Paßwort ein!«

»So war das früher«, meint Ulli. »Inzwischen müssen sie aber eine dreistellige Nummer anhängen, sozusagen als Beweis, daß es sich wirklich um die Wartungsfirma handelt. Und wenn man anfängt, einfach herumzuprobieren, schlägt das System Alarm. Wir können also nicht von 000 bis 999 einfach durchprobieren!«

»Die Nummer weißt du aber nicht zufällig auch noch?« erkundigt sich Walter.

Ulli schüttelt den Kopf. »Aber vielleicht kann man das System irgendwie überlisten!«

»Das kann man«, sagt Michael, »oder besser gesagt: Ich kann das! Vor ein paar Wochen habe ich mir ein entsprechendes Programm von Sebastians Freund Spiderman kopieren lassen. Es spielt alle möglichen Ziffernfolgen durch und zwar so schnell, daß es die richtige findet, bevor ein Alarmimpuls ausgelöst wird.«

»Und das soll funktionieren?« fragt Kathrin ungläubig. »Hast du das schon mal ausprobiert?«

»Nein«, muß Michael zugeben. »Aber schaden kann es ja nicht, wenn wir's mal versuchen. Mehr als rausfliegen und Brauneisers Mailbox blockieren können wir nicht.«

»Okay. Dritter Versuch«, sagt Alexander. Michael holt aus einem Wandschrank einen kleinen, flachen Kasten hervor und schließt ihn an eine Schnittstelle des Computers und des Modems an. »Das ist der Impulsgeber«, sagt er und gibt Alexander ein Zeichen, der nun die Nummer der CSHAF-Mailbox wählt. Gleichzeitig startet Michael sein Programm. Der Bildschirm wird dunkel, in der Mitte ist ein kleiner blinkender Kasten zu sehen.

»Ha«, brüllt Michael, »wir sind drin. Your turn, Ulli!«

Der Junge mit dem kleinen Zopf setzt sich vor das Keyboard. Kathrin bemerkt, daß seine Finger zittern. Langsam tippt er ein Wort ein.

RICHARDS

Sofort wechselt das Bild auf dem Monitor.

PC-NETWORK Service-Line für CSHAF-Brauneiser GmbH & Co KG

1) allgemeine Diagnosen

2) Optionen

3) Editor

»Wir sind drin«, freut sich Kathrin.

»Wer oder was ist denn Richards?« will Peter wissen. »Heißt so einer von dieser Firma?«

»Du kennst den Gitarristen der Stones nicht?« fragt Ulli zurück und grinst. »Nein, im Ernst, ich wußte, daß der Mann, der für PC-NETWORK hier im Brockenhochhaus zuständig ist, ein wahnsinniger Stones-Fan ist, und da ein Paßwort mit acht Buchstaben üblich ist und Keith Richards – er heißt übrigens wirklich Richards und nicht Richard – der einzige mit dieser Anzahl ist . . .«

»Und wenn das Paßwort statt dessen MIJAGGER oder BRIJONES gelautet hätte?« meint Kathrin spöttisch.

»Dann«, Ulli wedelt mit beiden Armen, »dann hätten wir eben Pech gehabt!«

»Mehr Schwein als Verstand«, murmelt Michael.

»Und gerade deshalb sollten wir keine Zeit verlieren«, drängt Alexander. »Ich sehe mir erst mal die Verzeichnisse an!«

»Da unten, das THOR-directory«, jubelt Kathrin.

Alexander klickt das Verzeichnis an. »So, jetzt sehen wir endlich einmal die Dateien im Original, die Sebastian gefunden hat. Ob ich auch schon als Volksfeind registriert bin?«

»Es genügt doch schon, zu wissen, daß alles da ist«, meint Kathrin, »wir wissen ja, was drin steht. Sehen wir uns lieber andere Sachen an, vor allem die Sicherheitsmaßnahmen.«

Alexander geht wieder in die Verzeichnisliste.

```
ACCESS          <DIR>
DOS             <DIR>
MOUSE           <DIR>
MSOFFICE        <DIR>
```

```
NC                <DIR>
SEX               <DIR>
CHINA             <DIR>
THOR              <DIR>
SECURITY          <DIR>
```

»Schau mal unter Sex nach«, drängt Ulli.

»Das sieht dir wieder ähnlich«, stichelt Walter.

»Das sind eine ganze Reihe von Datenbanken«, murmelt Alexander und pfeift dann durch die Zähne. »Das sind ja die ganzen Abrechnungen für die Telephonsex-Geschichte. Damit kann Computer-Erik die Burschen auf jeden Fall festnageln!«

»Geh doch endlich ins Security-Verzeichnis«, drängt Kathrin, »nur da können wir THORS Abwehrmaßnahmen studieren!«

»Nur einen kleinen Moment noch«, sagt Alexander und sichtet kurz die Dateien unter dem Stichwort CHINA. Eine Weile brütet er vor sich hin, dann schüttelt er den Kopf. »Dieser Brauneiser ist ein größerer Fisch, als ich dachte. Wißt ihr, daß er in großem Stil mit Raubkopien handelt?«

»Das auch noch!« ruft Sebastian.

»Keller sucht schon lange die Leute, die in den letzten Jahren unheimlich gut gefälschte Standard-Software ins Land brachten, und die großen Software-Häuser wie Microsoft oder Novell fahnden mit Privatdetektiven und Undercover-Agenten. Da gibt es eine legendäre ›China-Connection‹, von der man aber bisher nur gerüchteweise gehört hat. Und hier drin«, der Prof hebt die Stimme, »ist einer der Vertriebswege beschrieben. Brauneiser bestellt hier Textverarbeitungs- und Datenbankprogramme bei zwei amerikanischen Firmen, der ›American Eagle‹ in

Seattle und der ›Bluemoon‹ in New York. Die wiederum geben der ›China National Publishing Industry Trading Corporation‹ in Peking den Auftrag, von der Original-Software Hunderte von Raubkopien zu ziehen. Und das Ganze geht dann als Büchersendung getarnt via Amsterdam nach Europa. Gigantisch!«

»Wenn du jetzt nicht gleich aufhörst, machst du gigantischen Blödsinn«, sagt Kathrin energisch und schiebt Alexander vom Keyboard weg. »Wir sind schon sehr lange hier drin. Und wir haben noch nicht einmal nachgesehen, ob es irgendein Sicherheitssystem gibt, das Alarm schlägt, wenn sich ein Fremder – und sei er auch als Service-Firma eingeloggt – länger als ein paar Minuten herumtreibt, ohne sich mit dem Sysop in Verbindung zu setzen.«

Verbissen vertieft sich Kathrin nun in die Programme, die unter dem Verzeichnis SECURITY abgespeichert sind. »Gott sei Dank kenne ich die Programmiersprache«, murmelt sie. »Schaut ihr bitte mit, Alexander und Walter. Vielleicht übersehe ich was.«

»Red Sonja in action«, flüstert Sebastian seinem Bruder zu. »Hacken kann sie nicht so gut, aber Programme lesen und schreiben schon!«

Kathrin registriert diese Bemerkung kaum, so sehr ist sie in ihre Arbeit vertieft. Schließlich stößt sie einen erleichterten Seufzer aus. »Gott sei Dank. Wir können ohne Zeitdruck arbeiten. Die Service-Linie ist von jeder Zeitbegrenzung ausgeschlossen. Hier haben sie wohl den Zugang für narrensicher gehalten!«

»Vor Narren und Stones-Fans ist gar nichts sicher«, sagt Ulli leise, um Kathrin nicht in der Konzentration zu stören.

»Das ist raffiniert und einfach zugleich«, flüstert die vor sich hin. »Siehst du, was ich sehe, Alexander?«

Der Prof blickt auf eine kleine Datei, die sich Kathrin

auf den Bildschirm geholt hat. »Wenn ich das recht verstehe«, sagt er langsam, »dann löscht dieses kleine Programm die Verzeichnisse THOR, SEX, CHINA und dann SECURITY, wenn nicht irgend jemand vorher am Keyboard eine ganz bestimmte Tastenkombination eingibt.«

Kathrin nickt. »Und zwar so, daß die Daten garantiert verlorengehen und mit keinem Diskdoktor oder irgendeinem Undo-Tool zurückgeholt werden können!«

»Aber wenn wir Computer-Erik die Tastenkombination stecken, dann kann er diese Falle doch umgehen«, meint Walter.

»Das ist leider nicht so einfach«, erwidert Kathrin, »wenn es stimmt, was ich vermute. Aber es ist das erste Mal, daß ich so etwas sehe!«

»Tut mir leid, ich sehe nur, daß zu den Tasten Control, Alt und Z immer noch eine Ziffer gedrückt werden muß«, sagt Alexander kopfschüttelnd. »Aber aus dem Programm geht nicht hervor, welche!«

»Aber das muß doch irgendwo stehen«, sagt Walter. »Such nach Querverweisen!«

»Nein, die richtige Ziffer ist kein Software-, sondern ein Hardware-Problem«, vermutet Kathrin. »Irgendwo in Brauneisers Büro ist ein Schalter oder ein Zahnrad, das sich bei jedem Einschalten weiterdreht. Und der Operator muß sich nur merken, welche Zahl er das letztemal eingegeben hat. Gestern sechs, heute sieben, morgen früh acht, morgen nachmittag neun, immer schön der Reihe nach.«

»Puh, das kann man online unmöglich rausfinden!« stöhnt Alexander, »jetzt sind wir mit unserer Weisheit am Ende!«

»Das heißt also«, stellt Walter fest, »daß bei der morgigen Hausdurchsuchung Computer-Erik eine Chance von 9 zu 1 hat, alle wichtigen Daten zu löschen, wenn er das Ding nur anrührt. Könnte man ihm nicht raten, keine einzige Taste auf dem Keyboard zu berühren und das ganze Equipment höchst vorsichtig abzutransportieren? Mit der Zeit findet er sicher einen Weg, die Daten zu lesen, ohne sie vorher zu zerstören!«

»Das ist zwar eine Lösung, aber deren Erfolg ist alles andere als garantiert. Was, wenn irgend jemand von Brauneisers Leuten einfach ein paar Tasten drückt, bevor man ihn davon abhalten kann! Dann ist das Löschprogramm bereits in Gang gesetzt«, erklärt Alexander. »Das ist ja das Raffinierte an dieser Sicherung. Alles außer der richtigen Tastenkombination und der richtigen Ziffer entfernt die wichtigen Dateien!«

Kathrin hat diesem Wortgefecht gar nicht mehr zugehört, sondern scheint vor sich hinzuträumen. »Ich glaube, ich habe die Lösung«, sagt sie plötzlich und lächelt. »Und sie paßt auch ganz prima zu uns. Kennt ihr die Chaos-Theorie?«

Peter, Ulli und Michael schütteln den Kopf, Sebastian und Walter schauen sie fragend an, und Alexander knurrt: »Schon davon gehört, aber was will uns Red Sonja in diesem Zusammenhang damit sagen?«

»Einer der Grundsätze der Chaos-Theorie lautet«, sagt Kathrin geheimnisvoll, »daß der Flügelschlag eines Schmetterlings in Japan einen Hurrikan in Arizona auslösen kann!«

»Blödsinn!« knurrt Peter.

»Und in unserem Fall«, fährt Kathrin fort, »wird ein Leerschlag oder ein Druck auf die Space-Taste eine Organisation wie THOR außer Gefecht setzen! Und die Leute von THOR werden nicht einmal ahnen, was für einen Streich wir ihnen gespielt haben.«

»Das mußt du uns erklären«, fordert Sebastian.

»Klar«, erwidert Kathrin gelassen, »jetzt seht mal genau zu, was ich mache ...«

An diesem Abend kann Kathrin überhaupt nicht einschlafen. Natürlich weiß sie, daß ihr Plan funktionieren wird, ja muß. Aber das sagt ihr die Logik, ihre Gefühle sprechen eine ganz andere Sprache. Was, wenn der Sysop von THOR in letzter Minute ihre Manipulation entdeckt? Nein, das würde man nicht einmal sehen, wenn man direkt draufschaut, beruhigt sie sich wieder.

Kathrin versucht sich abzulenken, und sie spielt so intensiv, wie sie seit Tagen nicht mehr gespielt hat. Mitternacht verstreicht, die Kirchturmuhr schlägt eins, dann zwei, Kathrin verliert sich in den Städten Aventuriens ...

Die Rote Sonja ist müde, unendlich müde. Schier endlose Zeit scheint vergangen zu sein, seit sie den Tempel des Namenlosen Gottes betreten haben. Irgendwo in diesen Gemäuern soll sich der Zwerg Ingramosch befinden, dem sie den Salamanderstein geben und damit für den Frieden zwischen Elfen und Zwergen sorgen sollen. Säbelzahntiger und Steingargoyles haben der Gruppe den Weg versperrt, und wenn Walter nicht eine Kiste mit starken Heiltränken gefunden hätte, dann hätten einige von der Party nicht überlebt. Gegen vier Skelettkrieger mußten die Helden antreten, und von jedem erbeuteten sie einen Teil von einem Amulett, mit dem sich die Tür tief unten in den Gewölben des Tempels öffnen ließ.

»Mach nicht zu schnell vorwärts, Sonja«, warnt Walter, »Laß uns noch ein wenig Kräfte sammeln vor dem letzten Kampf.«

Als die anderen Gefährten zustimmend nicken, zeigt

die Rote Sonja auf eine kleine Seitennische des Tempels. »Hier können wir ungesehen rasten. Ich übernehme die erste Wache!«

Während die anderen sich in ihre Decken einwickeln, nimmt die Rote Sonja wieder einmal ihr Tagebuch hervor.

Im Tempel des Namenlosen unter Tjolmar, 17. Travia n. H. Ingramosch ist hier irgendwo gefangen, und die Zeichen mehren sich, daß wir gegen einen Drachen kämpfen müssen. Walter hat Amulette gegen den tödlichen Drachenodem entdeckt, Ulli ein Schwert mit dem Namen Drachentöter, Peter einen Drachenhelm. Aber können wir wirklich gegen ein solches Tier aus mythischer Vergangenheit siegen? Ich glaube, auf einem alten Pergament den Namen des Drachen entdeckt zu haben, er heißt ARKANDOR und ...

»He, Kathrin, aufwachen!« Jemand rüttelt sie und zieht an ihrer Schulter. »Das war ja noch nie da, du bist am Computer eingeschlafen!«

Kathrin schüttelt sich benommen und sieht ihre Mutter vor sich stehen. »Was ist?« fragt sie und blinzelt in das grelle Sonnenlicht. »Wie spät ist es überhaupt?«

»Neun Uhr!« antwortet Irene Hartmann. »Ich hätte nie gedacht, daß du einmal vor laufendem Computer einschläfst wie dein Vater vorm Fernseher! Das Spiel da muß ja ganz schön langweilig sein!«

Kathrin reibt sich die Augen und sieht das aufgeschlagene Tagebuch der Roten Sonja auf dem Bildschirm. Schnell speichert sie das Spiel ab und schaltet den Computer aus. Plötzlich fällt ihr etwas ein. »Hat jemand für mich angerufen?« fragt sie.

»Deswegen bin ich überhaupt zu dir raufgekommen«, erklärt ihre Mutter. »Alexander von Greif, dieser nette Student! Er läßt dir ausrichten, daß du in den Club kommen sollst.«

»O je, da muß ich gleich gehen!« sagt Kathrin, greift nach ihrem Rucksack und steht auf. »Wann treffen wir uns denn? Hat er sonst noch was gesagt?«

»Willst du wirklich so gehen, in deinen alten Kleidern? Die sehen so aus, als hättest du in ihnen geschlafen. Ach so, hast du ja auch!« Irene Hartmann lacht. »Es sei alles sehr gut gelaufen, soll ich dir ausrichten. Was immer er damit gemeint hat! Und du sollst um zehn Uhr im Club sein. Du hast also noch genug Zeit, dich frisch zu machen und etwas Ordentliches anzuziehen.«

Obwohl sie ausgiebig duscht und auch noch ein paar Happen ißt, kommt Kathrin schon um zehn vor zehn im CHAOS-Computerclub an. Und sie ist nicht einmal die erste, bis auf Alexander sind schon alle da. Aber keiner weiß, wie die Hausdurchsuchung gelaufen ist! Fünf Minuten später – Kathrin scheint es eine halbe Ewigkeit zu dauern – kommt Kommissar Keller mit Alexander im Schlepptau.

»Ich kann mir vorstellen, wie neugierig ihr seid«, sagt der Polizist, »deshalb will ich euch nicht lange auf die Folter spannen! Also, heute um halb sieben bin ich mit je drei Leuten vor dem Büro des ›Deutschen Literaturzirkels‹ – dort ist die Mailbox ›Nationaler Widerstand‹ angemeldet – und vor der Firma des Herrn Brauneiser erschienen. Ehrlich gesagt, ich hatte eigentlich wenig erwartet. Es ging mir im Grunde eher darum, wieder einmal Flagge zu zeigen und diesen Rechtsextremen klarzumachen, daß wir auch noch da sind!«

Erik Keller nimmt seine Pfeife heraus und stopft sie.

Normalerweise ist Kathrin gegen diese Art von Tabak geradezu allergisch, aber diesmal stört sie nur, daß der Polizist seinen Bericht unterbricht.

»Beim ›Nationalen Widerstand‹ fanden wir auch genau das, was ich erwartete, nämlich nichts! Nichts Gerichtsverwertbares, wie das in unserem Jargon heißt, sondern nur ein paar Pamphlete, die zwar von strammer Gesinnung und Borniertheit der Verfasser künden, aber keinen Staatsanwalt hinter dem Ofen hervorlocken würden. Dagegen sind wir bei Brauneiser in einer Art und Weise fündig geworden, wie ich mir das nie hätte vorstellen können. Wir fanden in der Mailbox nicht nur alle Angaben über THOR, auf die schon Sebastian gestoßen war, sondern auch noch Dateien, die beweisen, daß Brauneiser und seine Kumpane in umfangreiche Schiebereien mit Raubkopien und andere kriminelle Geschäfte verwickelt sind. Sicher ist das der weitaus größte Fall von Computerkriminalität, den wir in unserer Stadt je hatten, und es ist klar, daß Brauneiser für einige Jährchen hinter Gitter muß. Die Beweislast ist einfach erdrückend. Dabei«, und jetzt blickt Computer-Erik Kathrin direkt an, »hatten wir unwahrscheinliches, ja geradezu unglaubliches Glück!«

»Wie denn das?« fragt Kathrin und bemerkt, daß ihre Stimme auf einmal recht heiser klingt.

»Brauneiser hatte ein eigentlich recht einfaches, aber höchst wirksames Programm installiert, das alle wichtigen Dateien auf einen Schlag unwiderruflich löschen kann. Wir haben nach unserem Eindringen auch nicht verhindern können, daß ein Mann – offensichtlich hatte er im Raum geschlafen – ein paar Tasten drückte. Schon an seinem triumphierenden Gesicht sah ich, daß jetzt wohl alles vorbei sein würde. Bei Computer-Gaunern vom Schlage eines Brauneiser mußte man einfach mit so was rechnen, und wirklich effektive Gegenmaßnahmen gibt es nicht. Eigentlich vom Mißerfolg unserer Aktion überzeugt, packten meine Leute alles ein. Wir wollten die Festplatte aus- und in einen anderen Tower einbauen und dann ganz vorsichtig ansehen, ob nicht doch noch etwas zu retten sei. Routinearbeit sozusagen!«

Keller pafft an seiner Pfeife. »Und dann rief mich ein Kollege an, der mit Alexander die Festplatte untersuchte und sagte, alle Dateien seien erhalten, das Löschprogramm habe irgendwie nicht funktioniert! Ich sah mir das Ganze an und kapierte zunächst gar nichts. Alle Befehle hatten ihre richtige und logische Reihenfolge, eigentlich hätten wir überhaupt nichts finden dürfen. Dann machte mich Alexander auf etwas aufmerksam. In der vierten Zeile des Programms war ein winziger Syntaxfehler, ein Leerschlag zu viel, und damit wurde ein Wort nach hinten verschoben, so daß dieser Befehl eben nicht mehr ausgeführt wurde. Ein unglaublicher Zufall, nicht wahr, Kathrin? Da muß einer von Brauneisers Leuten beim Abtippen des Listings einen winzigen Fehler gemacht haben!«

Für einen Moment wirken die Mitglieder des CHAOS-Computerclubs ein wenig verlegen, dann brüllt Walter: »Hoch leben die Tippfehler!«

Michael und Ulli umarmen sich und tanzen wie verrückt herum, Sebastian und Peter lachen, Alexander, der hinter Keller steht, verdreht die Augen und grinst Kathrin an, die gar nicht weiß, wohin sie schauen soll. Schließlich, als wieder etwas mehr Ruhe einkehrt, fragt sie, den Blick starr auf den Boden geheftet: »Und was wird jetzt mit THOR?«

»Ich denke, wir haben THOR den Hammer aus der Hand geschlagen«, erwidert der Kommissar, »für eine

Weile jedenfalls. Und wir haben nicht nur kleine Handlanger erwischt wie Wieser und Kehl, sondern diesmal wird auch ein Großer büßen müssen. Aber das war nur ein kleiner Sieg in einem ständigen Kampf. Es gibt noch genug andere rechtsextreme Gruppen und andere Leute, die Organisationen wie THOR aufbauen. Die rechte Mailboxszene, das Thule-Netz mit seinen internationalen Verbindungen existiert ja nach wie vor. Aber für heute dürfen wir uns schon einmal über unseren Erfolg freuen, denn das ist ein ziemlicher Schlag, den die Neonazis da einstecken mußten. Ich würde euch alle gerne heute abend einladen, zum Feiern sozusagen. Meine Kollegen Werner und Fincke kommen auch. 19 Uhr in der Blauen Traube, einverstanden?«

Als alle nicken, beugt sich Keller zu Kathrin vor. »Kann ich noch einen Moment mit dir sprechen, unter vier Augen?«

Kathrin nickt stumm und geht mit ihm vor die Tür des Clubraums. Jetzt kommt die Gardinenpredigt, denkt sie. Aber ich werde alles abstreiten!

»Weißt du, Kathrin«, beginnt Computer-Erik freundlich, »jeder Hacker hat so seine Handschrift. Es ist eine unsichtbare Handschrift, die sich nicht in Bits und Bytes ausdrückt. Kriminelle wie Brauneiser werden sie nie entdecken. Und das ist gut so!« Keller klopft die kalt gewordene Pfeife an der Mauer aus. »Aber ich bin schon lange im Geschäft. Wenn ich es mit Alexander zu tun habe, erkenne ich das sofort an der Methode, wie er ein Problem angeht. Er ist sozusagen einer, der gerne alle Register zieht. Und wenn ich ein paar frequenzmodulierte Piepser im Telephonnetz höre, dann denke ich natürlich sofort an Michael. Und dann gibt es noch jemanden, dessen Handschrift ganz sparsame, aber sehr wirkungsvolle Schritte sind. Ein Leerschlag zuviel beispielsweise. Auch wenn ich's nie beweisen könnte und auch nie jemandem weitererzählen würde und wollte: Für mich persönlich ist so eine Spacetaste zuviel fast genauso, als würde da stehen: RED SONJA WAS HERE.«

Nachbemerkung

Nach dem Erscheinen von »Rote Sonja gegen Octopus« blieb ich durch meinen Hauptberuf als Radiojournalist weiter mit dem Thema Computerkriminalität befaßt. Schon früh entstand dabei die Idee, diesem ersten Band um Kathrin und ihre Freunde einen zweiten folgen zu lassen.

Ein aktuelles und wichtiges Thema ergab sich, als ich im Rahmen meiner journalistischen Arbeit auf die Aktivitäten rechter und rechtsextremer Gruppen aufmerksam gemacht wurde und anfing, in diesem Bereich nachzuforschen. Langsam begann sich dabei auch die Grundidee für »Rote Sonja gegen Thor« zu entwickeln. Wie auch im ersten Buch habe ich mich möglichst eng an die Realität gehalten. Rechtsradikale Netze existieren, und zeitweise konnte man in einzelnen Mailboxen auch Anleitungen zum Bombenbau oder Informationen über mißliebige Gegner abrufen. Auch die anderen geschilderten Manipulationen und Betrügereien im Netzwerk- und Software-Bereich gibt es wirklich; sie sind inzwischen auch durch zahlreiche Veröffentlichungen bekannt. Allerdings habe ich die einzelnen Schritte oder Programme nicht so genau beschrieben, daß sie quasi als Anleitung dienen können.

Die handelnden Personen habe ich natürlich erfunden, wenn mir auch beim Schreiben manchmal gewisse Vorbilder vorschwebten – aus der Hackerszene ebenso wie aus dem Polizeimilieu. So gilt wie immer: Ähnlichkeiten mit der Computer- wie der rechtsextremen Szene der Jahre 1994/95 sind durchaus beabsichtigt, Ähnlichkeiten mit realen Personen dagegen nicht.

Allen, die mir durch bereitwillige Informationen geholfen haben, möchte ich danken, und ich habe durchaus Verständnis dafür, daß sie nicht namentlich genannt werden möchten. Ihnen vor allem verdankt dieses Buch seine Realitätsnähe.

Hans Peter von Peschke

Glossar

Account: Zugang oder Zugangsberechtigung zu einer Mailbox

B.B.S.: Bulletin Board System, anderer Ausdruck für Mailbox

Bildschirmschoner: Ein Programm, das sich automatisch einschaltet, wenn eine Zeitlang keine Eingaben mehr erfolgen, obwohl der Monitor eingeschaltet ist. Beispielsweise sieht man – den Zeitraum kann man individuell festlegen – statt einer Buchstabenwüste nach einer Minute das Raumschiff Enterprise über den Bildschirm fliegen. Solche beweglichen Bilder sollen dafür sorgen, daß sich ein lange Zeit unverändertes Schriftbild sozusagen in den Monitor »einbrennt« und ihn unbrauchbar macht.

Bit: Abkürzung für Binary Digit. Diese »Binärziffer« ist die kleinste Informationseinheit der Informations- und Computertechnik. 8 Bit bilden ein Byte. So viel enthält eine Zelle im Informationsspeicher. Der Speicherplatz wird dann in Byte angegeben. Ein Megabyte (MB) sind 1024 x 1024, also 1 048 576 Byte. Auf einer heute gebräuchlichen Diskette sind 1,44 MB, auf einer Harddisk zwischen 200 und 600 MB, auf einer CD-ROM haben Informationen in der Größe von circa 640 MB Platz.

Bluebox: Programm und/oder Gerät, mit dem bestimmte Frequenzfolgen in ein Netz eingegeben werden, die den Computer der Post täuschen und so kostenloses Telephonieren ermöglichen.

Bust: So werden Aktionen der Polizei gegen Cracker und Trader genannt.

Calling Card: Eine meist 14-stellige Zahl, mittels derer man von überallher Telephonverbindungen herstellen kann. Die Kosten werden dann dem Besitzer der Nummer verrechnet. Diese Nummern werden aber inzwischen auch gestohlen und verkauft, die Käufer können dann eine Zeitlang »kostenlos« telefonieren, da die Gebühren dem Inhaber der Kredit- oder Telephonkarte in Rechnung gestellt werden.

CD-ROM: Abkürzung für Compact-Disc Read Only Memory, also Nur-Lese-CD. Diese Silberscheibe kann in der Normalausführung bis zu 682 Megabyte speichern, also weit mehr als die normale Diskette. Sie ist auch wesentlich billiger als eine Harddisk, wenn auch (noch) langsamer. Das macht sie derzeit zu einem idealen Datenträger für Programme, die sehr viel Speicherplatz benötigen, etwa für Filmsequenzen mit Musik. Zum Benutzen wird aber ein spezielles CD-ROM-Laufwerk benötigt, das am Computer angeschlossen wird.

Datei (auch *File* genannt): Sammlung zusammengehörender Daten unter einem gemeinsamen Namen, etwa ein Artikel (Textdatei) oder Namen und Adressen (Datenbank)

Diskette: Ein auswechselbares Medium zum Speichern

von Daten, das in das Diskettenlaufwerk des Computers eingelegt werden kann. Früher gab es die weichen Disketten im 5 1/4 Zoll-Format (floppy disk), heute ist fast nur noch die harte und weniger anfällige 3 1/2 Zoll-Version gebräuchlich.

Hacker: Ein Computerfreak, der sich ohne Berechtigung Zugang zu einem Computersystem verschafft und dabei die Sicherheitssysteme umgeht. Der Name kommt vom »Hacken« auf der Tastatur. Die meisten Hacker handeln nicht aus Profitinteresse oder in krimineller Absicht, sondern das »Knacken« solcher Sicherheitssysteme ist für sie eine Art Sport, freilich dennoch strafbar.

Harddisk (auch *Festplatte*): Der Datenträger im Computer, der im Vergleich zur Diskette wesentlich größere Datenmengen aufnehmen kann und der im Gegensatz zur CD-ROM auch beschreibbar ist, auf dem man also seine erarbeiteten Daten speichern kann. Inzwischen gibt es auch auswechselbare Harddisks, die man aus dem Computer nehmen und an einem anderen Ort aufbewahren kann.

Helpline (auch *Service-Line*): Hersteller von Computern oder Computerprogrammen richten für bei ihnen speziell registrierte Kunden eine Telefonnummer oder eine Mailbox ein, bei der man sich Rat holen kann, wenn Probleme mit dem gekauften Produkt auftreten, was gar nicht so selten ist.

Internet: Weltweite Verbindung von Computern

Mail: Wörtlich »Brief«, im engeren Sinn aber eine über

Leitung verschickte elektronische Nachricht

Mailbox: Wörtlich »Briefkasten«, aber eher vergleichbar einem Postamt, bei dem Informationen abgeholt oder abgegeben werden. Entscheidend ist, daß dies alles per Leitung, also über Datenfernübertragung (DFÜ) geschieht. Hausherr ist der Systemoperator, der Sysop. Inzwischen haben viele Mailboxen (oder auch B.B.S.) ein großes Angebot, das von Nachrichten, Diskussionsbeiträgen zu bestimmten Themen bis hin zu Datenbanken mit Spielen und verschiedenen anderen nützlichen Dingen für den Computer geht.

Netz: Zunächst einmal ganz allgemeine Bezeichnung für ein Kommunikations- oder Verbindungssystem, etwa das Telefonnetz. Im engeren Sinne werden darunter Netze für Datenfernübertragung (DFÜ) verstanden, die die verschiedensten Mailboxen miteinander verbinden.

Online-Betrieb: Kommunikation zwischen Computern oder Nutzung irgendwelcher elektronischer Geräte über eine Verbindung, etwa über Telefon oder andere Leitungen

Party: Im Rollenspielerjargon die Gruppe, die das Abenteuer bestehen soll und die möglichst vielfältig zusammengesetzt sein soll

Paßwort: Kennwort oder Zahlen-/Buchstabenfolge, das oder die nur der Computer- oder Netzwerkbenutzer kennen soll, der die Zugangsberechtigung zu dem entsprechenden System hat. Viele Hacker haben sich schon durch leicht zu erratende Paßwörter wie Vornamen von Kindern, einen Lieblingsfußballverein oder ein Geburtsdatum in ein an sich geschütztes System hineingeschmuggelt.

Phreak(er): Im weiteren Sinn bezeichnet man damit all die Computerfreaks, die ausgezeichnet verstehen, sich in den verschiedensten Postnetzen zu tummeln. Im engeren Sinn sind damit die Telefonpiraten gemeint, die mittels Calling Card oder Bluebox kostenlos telefonieren.

Prozessor: Ursprünglich hieß so jeder elektronische Baustein, der zur Regelung oder Steuerung eines automatischen Prozesses benutz wurde. Heute nennt man so vor allem den Mikroprozessor, der im Computer alle wesentlichen Rechen- und Steueroperationen übernimmt und die wichtigsten Befehle des Grundprogramms ausführt. Dieses Herzstück des Computers besteht fast immer aus einem einzigen, etwa einen Quadratzentimeter großen elektronischen Baustein (Chip). Viele Personalcomputer werden sogar nach der Baureihe dieses Chips genannt. So war vor drei Jahren ein 386-Computer noch eine tolle Sache, inzwischen ist der sogenannte 486er bereits die Norm. Wer sich einen neuen Computer kauft, wird heute fast nur einen nehmen, dessen Herzstück ein Pentium-Chip ist, und auch der wird bald wieder von der technischen Entwicklung überholt sein. Die Computerfreaks »stehen« natürlich auf dem immer neuesten Chip, er ist Herzstück ihrer High-End-Maschine genannten Computeranlage.

Puzzle: So nennen die Computerspieler ein Rätsel, das sie zum Weiterkommen in ihrem Spiel lösen müssen.

RAM-Speicher: Beim Personal-Computer der Arbeitsspeicher, der aus speziellen Chips besteht. Auf ihn kann besonders schnell zugegriffen, in ihm kann besonders schnell gearbeitet werden. Daher die Grundregel: Je größer der RAM-Speicher, um so schneller der Computer (wobei hierfür natürlich auch der Prozessor eine wichtige Rolle spielt).

Server: Eine Person, die anderen Benutzern Daten oder Programme anbietet. Man versteht darunter auch einen Computer, der für andere Rechner Dienste ausführt.

Sysop: System operator, Betreiber und/oder Verwalter einer Mailbox

Tastatur: Das auch Keyboard genannte Eingabegerät, mit dem Zeichen geschrieben, Befehle gegeben oder auch Funktionen aufgerufen werden. Die heutige Computertastatur hat 102 Tasten (also weit mehr als eine Schreibmaschine), davon 12 Funktionstasten. Aber auch die anderen Tasten neben den Buchstaben und Zahlen haben verschiedene Funktionen, mit der Break-Taste unterbricht man ein laufendes Programm, die Return-Taste schließt oft einen Befehl ab, mit der Page Up- und Page Down-Taste bewegt man sich in einem Text von unten nach oben und umgekehrt, und die für die Rote Sonja so wichtige Space-Taste ist einfach nur die Leertaste der guten alten Schreibmaschine.

Trader: Einer, der illegal erworbene Software via Modem weltweit verteilt

Virus: Ein über eine Diskette oder eine Leitung unerkannt eingeschlepptes Programm, das sich in anderen Programmen einnistet, dort selbst vervielfältigt und diese verändert oder gar zerstört.